喫茶探偵 桜小路聖鷹の結婚

釘宮つかさ

illustration:
みずかねりょう

CONTENTS

喫茶探偵　桜小路聖鷹の結婚

【1　喫茶探偵と彼の愛猫】

暑い盛りを過ぎたかと思うと、あっという間に木々が紅葉し始めた。

顔のかたちにくりぬかれたカボチャや黒猫モチーフの飾りをあちこちで見かけるようになり、ディスプレーはどこも秋の気配一色だ。

都心の一等地の片隅にある『欧風珈琲（コーヒー）喫茶　クイーン・ジェーン』では、特に季節の装飾で店内を飾ることはない。けれど、クラシックな雰囲気のこの店には秋が一番合う気がするなとアルバイトの山中咲莉（やまなかひらり）は常々思っていた。

平日の日中で、人けの少ない百貨店の裏通りを足早に進み、異国に迷い込んだみたいな内装の店内に戻る。

ごくありふれた商業ビルの一階。奥まった目立たない場所に、見過ごしてしまいそうな小さな看板が出ている。

クイーン・ジェーンの看板の下には、注意書きの張り紙があった。

『※ご注意※　各種コーヒー以外のドリンクメニューはございません』

そして、更にその下には『店内に猫がいます。苦手な方は入店をご遠慮ください』と追加の文言が張りつけられている。

半地下にある店の扉を開けると、ベルがチリンと小さな音を立てた。

雑踏の喧騒が消えると同時に、控えめなヴァイオリンの曲と、客のささやかなおしゃべりの声が入り交じって聞こえてくる。アンティークな家具と絵画が揃えられた雰囲気のいい店内は、咲莉にとって家の次に落ち着く場所だ。

　時計を見ると、あと五分で休憩時間は終わりだ。

　制服の上から着ていたダッフルコートを脱ぐと、急いでバックヤードに置きに行く。鏡を覗き込み、白いシャツに黒のベストとスラックス、臙脂色の蝶ネクタイという制服姿に乱れがないかを確認してから店に出ると、咲莉はちょうどピッチャーを手に客席を回って、こちらに戻ってきた男に声をかけた。

「すみません、休憩終わりました」

　長身の男性が「お疲れさま」と言いながら微笑んでこちらを見た。

　一八三センチというすらりとした体躯にこの店の制服を着て、蝶ネクタイを締めている。はっきりとした目鼻立ちは、すれ違えば誰もが思わず振り返らずにはいられないくらいに整っている。完璧すぎるほど美しい容姿をした彼がこの店の中にいると、うっとりするほど絵になる。

　彼はこの喫茶店のオーナー兼店長である桜小路聖鷹(さくらこうじきよたか)だ。

　いまだに信じられないけれど、付き合い始めてちょうど一年ほどになる咲莉の恋人で──かつ婚約者という間柄でもある。

　とはいえ、今はお互い仕事中だ。咲莉が気を引き締め、まばらに埋まっている客席に目を向け、仕事を探そうとしたときだった。カウンターの中に戻った聖鷹がふと、心配そうな表情を浮かべた。

「山中くん、ちょっと顔色が悪いみたいだけど、大丈夫？」

普段は名前で呼ばれているけれど、店内でバイト中は、彼はプライベートとは切り替えて咲莉を名字で呼ぶ。仕事モードでありながら気遣うように訊ねられて、一瞬どきっとした。

「あ、だ、大丈夫です！　まかないも美味しくいただきましたし、ちょっと外を歩いたら頭もすっきりしました」

聖鷹が作ってくれたまかないの特製ピザトーストは完食したし、カフェオレも飲み干した。その後、いつもなら、忙しくなったらすぐに店に出られるようにするため、休憩中はずっとバックヤードで過ごすのだが、今日は珍しく少し気分転換したくなって、店の周囲をぐるりと歩いてきた。それ以外は、何も問題はなく、普段通りだ。

だが、そう言っても聖鷹は納得してはくれなかった。

「それならよかった。でも、やっぱり寝不足なんだろう？　今日は暇だからもう上がっていいよ」

「えっ!?　い、いえ、大丈夫です、ちゃんと働きます」

驚いて慌てて断ったけれど、彼は「駄目」と言って譲らなかった。

「店のことは心配しなくていいし、バイト代もいつも通りの時間までちゃんと出すから。

このまま一人で帰すのは心配だし、とりあえず着替えて、事務所の奥の部屋で仮眠しておいで」

びっくりなことを言われて咲莉は戸惑った。確かに、かなり寝不足ではあるが、特にバイトに支障をきたすようなことはしていない。今日だって、予定通り、閉店時間までちゃんと働くつもりでいたのに。

「働きたいです」

そう言ってじっと聖鷹を見つめると、彼は困った顔になり、ぐっと喉を鳴らした。

「……そんな顔しても駄目だよ。自分がどんな顔色をしてるのか気づいてないんだろう？ほら、帰る時間になったら起こしてあげるから」

店内をさっと確認すると、ランチタイムを過ぎた平日の店内は空いていて、客は三組しかいない。確かにこの分なら、聖鷹一人でじゅうぶんだろう。

「でも、店長は休憩がまだですし」

「大丈夫だよ、適当に合間を見て休むから。これまでも一人のときはそうしてきたんだから」

彼は咲莉に顔を近づけると、声を潜めて言った。

「……心配で今の咲莉くんを一人で店に出したりできないよ。いい子だから休んで」

咲莉の胸の鼓動が大きく跳ねた。

——店で働くときの名字呼びではなく、下の名前で呼ばれた。

彼が店長としてではなく、恋人として言っているとわかったからだ。

さすがにそれ以上店で揉めるわけにもいかず、もし混雑したら必ず声をかけてくれるように頼む。

「すいませーん」

そのとき、追加のオーダーがあるようで、客の一人がこちらに向けて手を上げた。

「今伺います」と返事をしてから、聖鷹がそっと咲莉の肩に触れる。

「店のことは気にしないでいいから」

彼はカウンターを出て客のほうに向かう。

その背中に、すみません、と小さく声をかける。申し訳ない気持ちでいっぱいになりながら、咲莉はバックヤードに続く扉を開けた。


しょんぼりした気持ちで、バックヤード兼事務所の中にある洗面所の前を通りかかる。備え付けの鏡にちらりと映った自分の顔には、くっきりと目の下にクマができていた。

（これじゃ、聖鷹さんが働かせてくれなくても、しょうがないかも……）

寝不足と疲労がはっきりと顔に出てしまっている。自己管理ができなくて、聖鷹に迷惑をかけてしまった。深い自己嫌悪を感じながら、とぼとぼと奥の部屋に入る。

寝不足の原因はわかっているが、解決の方法がわからない。

「――あれ、ミエル」

いつの間についてきたのか、聖鷹の愛猫である白猫が前を歩き始めた。扉を開けると、白猫は咲莉より先に部屋の中に入っていく。今は休憩用のソファ代わりとなっているベッドの上にぴょんと飛び乗ると「ンー」と鳴いて、ゆっくり瞬きをしてみせた。

「ミエルも一緒に寝てくれるの?」

可愛らしいしぐさに思わず咲莉は頬を緩める。

手早く制服からジーンズとシャツという私服に着替え、スマートフォンのアラームの音を最小にして一時間後にセットする。すでに丸くなっているふわふわで温かな猫の体の隣に横たわった。


少し前に二十一歳の誕生日を迎えた咲莉は、都内の有名私立大学の三年生だ。現在はすでに始まっている就職活動と、夢だった小説家への道の狭間で迷いながらも必死で頑張っている真っ最中である。

そんな咲莉が恋人である聖鷹と出会ったのは、二年と少し前。人生でもっともどん底だったときだった。

――大学一年の初夏を迎えた頃、咲莉はどうにもならないくらい経済的に困窮していた。両親のいない咲莉は奨学金を得て大学に進学したが、育ててくれた祖母の良枝（よしえ）が突然倒れて入院してしまったのだ。

入院費の支払いで、元々ギリギリだった暮らしは限界になり、自分のアパートの家賃も払えなくなった。大学に通い続けられるかすらも危うくなって、不動産会社の仲介で、なんとか支払いを待ってもらえないかと直接頼みに行ったのが、大家である聖鷹だった。

事情を聞き出した彼は快く家賃の支払いを待ってくれただけではなく、自分の店でアルバイトをしないかと破格の時給で持ちかけてくれた。更には、生活を少しでも楽にできるようにと、店の奥の部屋を住まいとして提供までしてくれたのだ。彼のおかげでどうにか暮らしを建て直し、滞納分の家賃を払うこともできた咲莉は、少しでも恩返しがしたくて聖鷹の店で日々真面目に働いた。

だが、昨年のことだ。聖鷹が、母の鞠子（まりこ）とともに命を狙われる事件が起きた。彼は富豪だった亡き父から莫大な財産を譲り受けていた。つまり、彼の遺産を狙っての犯行だ。しかも、真犯人に依頼されたらしい実行犯は、鞠子と一緒にいた咲莉を、彼女の息子である聖鷹と間違えて襲撃したのだ。

そんな事件が起きたことで、聖鷹は咲莉を巻き込んだことに罪悪感を覚え、このまま店の奥の部屋で暮らすのは危険だと、半ば強引に自分のマンションへと連れ帰った。

聖鷹は友人の刑事である有馬たちと策を練った。聖鷹が誰かと結婚すれば、配偶者に相続の権利が生まれ、彼の資産を狙う犯人にとっては大損になる。このまま狙われ続けるよりも犯人をおびき寄せて捕らえ、咲莉の身の安全を確保しようと、聖鷹は咲莉との婚約を偽装することを決めた。

そして婚約パーティーの場で犯人は捕らえられた。聖鷹も鞠子も、そして咲莉自身も怪我をすることなく、事件は解決したのだ。

その後、裏で糸を引いていた聖鷹の腹違いの姉である美沙子とその夫には、別件でそれぞれ多額の詐欺と傷害事件が発覚した。難病を抱えていたまだ幼い彼らの子供の養育環境にも、かなりの問題があったようだ。子供は施設に引き取られたのちに入院と手術を経て、ずいぶん元気を取り戻したと聞いている。

美沙子の子は、聖鷹の甥に当たる。彼も気がかりだったようだが、今回の件で両親の元を離れられたことが、甥にとってむしろ命拾いになった。

事件解決後に、聖鷹は咲莉に真剣な想いを告げてくれた。二人は恋人同士になり、本物の婚約を交わした。彼は咲莉に本気であることを証明するかのように、祖母に挨拶をしに行って、きちんと交際と婚約の了承を得てくれたのだ。

それから一年になるけれど、幸い喧嘩をすることもなく、聖鷹との交際は順調そのものだ。彼の店は常連客もいい人ばかりで、アルバイトとしても働きやすい恵まれた職場だ。

そんな中で、咲莉が寝不足になっているのは、まったく別の件——長年の夢でもあった小説の執筆に関することだった。

聖鷹たちを狙った事件の解決後に、咲莉は児童文学の賞に投稿した。昔から小説家を目指していたのだが、同じように小説好きな聖鷹のアドバイスで、投稿先をミステリーから児童文学へと変えてみたのだ。

すると、その投稿作が小さな賞を取り、幸運にも担当編集者がついてくれることになった。

『山中先生の作品には編集部一同期待してます』と嬉しい言葉を言われて、咲莉はがぜん張り切った。次の作品でデビューを目指しましょうということになり、目下奮闘中なのだが——。

(直しがぜんぜん終わらない……!)

最初に原稿を出してから、もう何度目の改稿だろう。毎回、次こそはOKをもらいたいと思って提出しているのだが、毎回大幅な修正指示が入ってしまうのだ。

店の奥の部屋で、ふわふわの白猫を撫でながら横になっている今も、頭の中では直し途中の小説のことがぐるぐると回っている。

——長年抱き続けてきた夢への一歩を踏み出したつもりだったが、その先に待ち受けていたのは、まさかの巨大な迷路だった。

今手がけている話の内容は、受賞した作品と同じ系統の話で、探偵もののミステリーだ。探偵ものは児童文学の中でも売れ筋のネタらしく、新人の咲莉にはレーベルの編集長が担当についてくれることになった。

小説家になりたいというのは子供の頃からの夢だったので、張り切ってプロットを練り、Ｗｅｂ通話での打ち合わせにも真剣に向き合った。

プロットにＯＫをもらうと、夏季休暇を使って丁寧に書き上げ、夏の終わりに初稿を提出した——そこまでは順調だったのだ。

だが、改稿に入ると、まず全体の構成、それからシーンごとの修正、脇キャラや各セリフの要不要など、至るところに修正が入った。一つ一つ直していったものの、正直なところ、直しすぎて自分でもこの話のいいところはどこだったのかがわからなくなりかけている。

指摘されたところをすべて直し終えた頃、編集長が遅い夏休みを二週間ほど取るとのことで『その間に全体を見直しておいてください』と言われたのが、ちょうど昨日のことだ。

咲莉は改めて原稿に向き合い、明け方までパソコンに齧りついていた。

この二週間で、なんとかうまい具合に修正しなければならない。

新作は、以前から書きたかった叙述トリックを使ったネタで、主人公は投稿で褒められた、聖鷹をイメージしたお気に入りの探偵。テーマは『人が死なないミステリー』で、探偵が助手とともに街で起きた事件を華麗に解決して、殺人を未然に防ぐという話だ。

悶々と悩みつつ、見直しを進めながらも、咲莉がもっとも不安に思っているのは、自分の本の発売日がいまだに決まらないことだった。

咲莉は期待賞だったが、同時に奨励賞を受賞した新人作家の本は、すでに来春に発売が決まっている。

――つまり、同時期の受賞でありながらも、咲莉よりも順調に進んでいるのだ。

(どうしたらうまく直せるんだろう……)

新作は、大好きなジャンルに入魂のネタでわくわくしながら書き進めた話だった。それなのに、ここのところ原稿に向き合うとき、なんだか気が重い。

大学三年の秋なので、同期生たちは就職活動真っ盛りだ。早々に内々定をゲットした者もいるらしい。咲莉の本命は地方公務員だから、周囲よりも試験の時期が遅い。けれど、来年初夏頃に行われる試験対策をしつつ、併願で民間企業も受けるための勉強もしなくてはならない。

二年までできる限り単位を取っていたおかげで、大学の講義自体は週に三、四日、二コマずつ取ればじゅうぶんなのがせめてもの救いだった。

(卒業後は……俺、どうなってるのかな……)

ミエルを撫でつつうとうとしながら、頭の中で将来について想像してみる。

どうにか小説家デビューできたとして、昼間は安定した仕事について、仕事と夢を両立させたい。職業経験のないまま執筆だけで食べていくことはかなり難しいとわかっているし、そもそも、卒業と同時にフリーター状態では、育ててくれた祖母を心配させてしまう。

悩みの中にいる咲莉とは裏腹に、一緒に横になっているミエルはすっかりくつろいで伸びている。腹を撫でると、ゴロゴロと気持ちよさそうに喉を鳴らす音まで聞こえてきた。

柔らかな毛並みの感触と、リラックスしている様子の白猫に頬を緩めていると、だんだんと眠気が襲ってくる。

気づけば瞼が重くなってきて、咲莉も自然と目を閉じていた。


「――咲莉くん」

そっとかけられた声に、ハッとして咲莉は目を開けた。

天井のライトを背にした聖鷹と目が合うと、彼は安心したように頬を緩めた。

「よく眠れた？」

優しく髪を撫でられて、「はい、ミエルが一緒に寝てくれて、すごく気持ちよくて……」と答える。

今何時だろうと考えたとき、ふと思った。

「あれ……聖鷹さん、店は……？」

「大丈夫だよ、もう閉めたから」

「ええっ!?」

咲莉は慌てて飛び起きた。思わず素っ頓狂な声を出してしまい、そばで横になっていたミエルが文句を言うように「ンー」と鳴く。

「ごめん、ミエル」と謝りながら腕時計を見れば、もう二十二時近いのに気づいて愕然とする。スマホのアラームは無意識のうちに止めてしまったらしい。

「す、すみません、俺、熟睡しちゃって……」

咲莉は身を縮めて謝った。小一時間程度、仮眠するだけのつもりだったのに、まさか閉店まで眠り込んでしまうなんて。

「謝る必要ないよ。休むように言ったのは僕なんだから気にしないで」

申し訳ない気持ちで、ふとそばにいるミエルに目を向ける。もし夕飯抜きならぜったいにこんなにまったりしていない。

慌てて聖鷹を見ると、彼は笑って頷いた。

「本当に熟睡してたんだね。ミエルは自分のごはんの時間には店に出てきて、ちゃんと食べたんだよ。満腹になったら、またここに戻って一緒に寝ていたみたいだ」

「そうだったんですね」

ミエルがエサを食べたとわかってホッとしていると、聖鷹が手を差し出してきた。

「咲莉くんもおなかすいただろ？　さ、夕飯できてるから食べよう」


奥の部屋から出ようとするとミエルもついてきたので、二人と一匹で店に戻る。すでに閉店して片付けまで済んだ店内には、美味しそうな匂いが漂っていた。

せめて食器の用意だけでも手伝おうとしたが「今日はいいよ。座ってて」と言われる。申し訳ない気持ちでおずおずとカウンター席に腰を下ろすと、ミエルがすぐその隣の席に飛び乗った。

待つまでもなく、はい、と目の前に置かれたのは、聖鷹特製のナポリタンにミニサラダが載ったトレーだ。

「……すごく、美味しいです」

手を合わせて食べ始め、口の中のものを呑み込んでから伝える。ミエルを挟んだ一つ隣の席に座り、同じものを食べていた聖鷹が「よかった」と微笑んだ。聖鷹が作るナポリタンは、程よい茹で加減のパスタと軽く炒めたピーマンに玉ねぎ、厚切りのベーコンが絶妙な組み合わせで、咲莉の大好物なのだ。

雑談をしながら食べ終えて、「ごちそうさまでした」と感謝を込めて咲莉は手を合わせる。

すると、こちらを見た聖鷹が、驚いた顔で薄い色の目を見開いた。

「あれ……」

なんだろう、と思ったら、ふいに彼の顔が歪む。目尻からじわっと熱いものが溢れてきたのがわかって、自分でもぎょっとした。

「な、なんだろ、すいません、ナポリタンが……あんまり、美味しかったので」

慌ててごまかすように言いながら、ごしごしと目元を擦る。

まったく泣くつもりなんかなかったのに、なぜ涙が出てきたのか自分でもわからなかった。

そんなに擦っちゃ駄目だよ、と言って、聖鷹がティッシュを渡してくれる。礼を言って、咲莉は急いで目を拭った。

二人の間の席では、ミエルがのんびり毛づくろいをしている。

「……少し、疲れがたまってたのかもしれないね」

聖鷹が気遣うように言う。寝不足なだけで、体が疲れているわけでもない。パソコンに向かう時間は長いけれど、受験期や祖母の入院後、バイトで働きづめだったときに比べたらずっと楽なはずだ。自分でも理由がわからないので、彼が特に追及せずにいてくれたのがありがたかった。

せめて片付けだけはとさせてもらうと、その間に、聖鷹がノンカフェインのカフェオレを淹れてくれる。

美味しい食事で腹を満たし、温かい飲み物で体がぽかぽかに温まる。強張っていた体と心が少し解けたような気がした。


聖鷹が着替えるのを待ち、戸締まりをして、警備システムをセットする。ペット用キャリーバッグに入ったミエルを連れて、二人は店を出た。

「ね、ちょっと心配だし、今日はうちに来ない？」

帰り道の途中で聖鷹にそう誘われて、咲莉は悩んだ。

彼が足を止めた小さな曲がり角は、直進すれば聖鷹のマンション、左に曲がれば咲莉の住むアパートに続くという分かれ道だ。

昨年の夏まで、咲莉は店の奥の部屋で寝泊まりさせてもらっていた。

その後、聖鷹のマンションで居候の身となったのは、危険から身を守るための一時的な措置のはずだった。

だがそれから紆余曲折あり、あり得ないことに想いが通じて、咲莉は聖鷹の恋人となった。彼からは『このまま一緒に暮らそうよ』と強く引き留められた上に、ちょうど咲莉の予算内で条件に合う部屋が見つからないこともあって、ずるずるとしばらくの間、居候暮らしを続けていたのだ。

けれど、つい先月のこと、咲莉は新しい部屋を借りた。

驚いたことに家賃は相場の三割引き、しかもバイト先のクイーン・ジェーンからも近いという咲莉の条件にぴったりの物件が見つかったからだ。

そうして引っ越したものの、聖鷹はいまだに気がかりな様子だ。襲撃されるような危険はもう去ったはずなのに、咲莉を一人暮らしさせるのがかなり心配らしい。週末や休日は必ず自分のところに泊まってほしいと約束させた上に、アパートに帰る咲莉を毎回綺麗な顔を顰(しか)めて見送っている。

もちろん、咲莉だって聖鷹と一緒に過ごしたくないわけではない。

だが、しばし悩んでから、「すみません」と断った。

「残念なんですけど、今日は帰りますね」

聖鷹が目を眇めてじっと咲莉を見つめる。

「もしかして、一人になって、今書いてる小説の改稿をするつもり？　駄目だよ、今日はパソコンは開かずに寝なさい」

「え、で、でも」

思いがけないことを言われて、咲莉は戸惑った。だけど、再来週に完璧な改稿を提出できなければ、出版の予定すらポシャってしまわないとも限らない。

「そういうわけには……提出日も近いですし」

頷かない咲莉に、聖鷹は呆れ顔になった。

「だったらなおさらだよ。必要な睡眠を取らずに書いて、いい作品が生まれるわけがないだろう？」

ストレートに言う彼の言葉が、ぐさっと咲莉の胸に突き刺さった。

聖鷹が肩にかけたペット用キャリーバッグの窓からは、うとうととしている白猫の可愛い寝顔が覗いている。

ともかく送っていくよ、と言って、聖鷹は咲莉のアパートのほうに足を向けた。

いつも送ってもらうのは申し訳ない気がするが、仕方ない。

『咲莉くんが部屋に入るところまで見届けないと落ち着かない』と言って、咲莉の一人暮らしを許容するために聖鷹が出した最低限の条件が、自宅まで送り届けることだったのだから。

デパートが閉まる時間になると、この辺りの路地からは人通りが一気に少なくなる。テナント料が高すぎてチェーン店の居酒屋がない土地柄か、酔っ払いがほとんどいないのはありがたいものの、少々物寂しい雰囲気があった。

並んで歩きながら、何げなくこちらを見た聖鷹が、咲莉の手を自然なしぐさで握った。

最初は跳び上がるほど驚いたし、人目が気になってまともに歩くこともできなかった。けれど、慣れというのは恐ろしいもので、最近では帰り道は彼と手を繋ぐことが当たり前みたいになっている。

むしろ、持ち帰る荷物があったりで聖鷹がすぐに手を伸ばしてこないときには、寂しさを感じてしまうほどだ。

(聖鷹さんの手、すごくあったかい……)

大きくてしっかりとした彼の掌に手を包まれると、なんだかホッとした。

恋人の温かさを堪能できたのもつかの間だった。狭い路地の奥に入っていくと、ビルとビルの間にこぢんまりと立つ二階建てのボロアパートの前に着いてしまう。

ここの二階の端が咲莉の部屋だ。

足を止めた聖鷹が、咲莉のほうを向いて言った。

「咲莉くん。今日はシャワー浴びたら、原稿のことは忘れて寝たほうがいい」

聖鷹は落ち着き払った目をして言った。

「悪いことは言わないから、僕の言うことを聞いて。君に今必要なのは、何よりも休むことだよ」

きっぱりと言われて、咲莉は戸惑った。

彼が咲莉のために言ってくれていることはわかる。

聖鷹は婚約者で、アルバイト先のオーナー兼店長でもある。会わない日はないというくらい毎日会っていて、今、誰よりも長い時間を過ごしている。しかも、頭脳明晰でまったく敵うところがない聖鷹の言うことなのだ。

握ったままの咲莉の手を大きな両手で包むと、彼は言った。

「体を休めてから取りかかっても必ず間に合うから、僕の言うことを信じてみて」

彼がここまで言うほどなのだ。聖鷹の助言を素直に受け入れようと咲莉は自分に言い聞かせた。

「……わかりました」

いい子だね、と言ってぽんぽんと肩に触れてから、向かい合った聖鷹がふと黙り込んだ。

「あのさ……一応伝えておきたいんだけど」

なんだろうと咲莉が見上げると、彼は迷うような口調で続けた。

「大学と就活と執筆を並行で進めるのって、ちょっと大変なんじゃないかな」

「そんなことないです、大丈夫ですよ」

「でも、親元にいて働いてないんならまだしも、咲莉くんは一人住まいで、うちの店でバイトまでしてるわけだし」

「俺、わりと体力も元気もありますから」

安心させようと笑って言ったけれど、聖鷹は心配そうな顔のままだ。

「そうかもしれないけど、二兎を追う者は一兎をも得ずっていうだろ？　人生で大切な時期だっていうのもわかるよ。だからこそ、限界を超える前に少し調整したほうがいいんじゃないかと思って」

聖鷹の目から見て、自分はそんなにいっぱいいっぱいなのだろうか。昔から空き時間には目いっぱいまでバイトを入れてきたし、受験勉強や試験勉強も起きていられる限りやってきた。正直なところ、自分の限界がどこまでなのか、今無理をしているのかすらも、自分ではよくわからない。咲莉がしゅんとなったのに気づいたのか、慌てたように彼が付け加えた。

「ああ、だから何が言いたいかっていうとね。つまり……無理に頑張って就活しなくても、大学卒業したら、のんびり執筆に専念してくれてもいいからってこと」

「いえ、まだとてもその頃は、小説で食べていけるような状態にはならないと思いますし。やっぱりどこかで内定はもらわないと、ばあちゃんを心配させちゃいます」

「ちゃんと僕が養うから生活費の心配はいらないよ。それに……籍を入れたら、お祖母様もきっと安心してくれるんじゃないかな」

どこか焦った口調でそう言われて、咲莉の中に嬉しさと戸惑いが同時に押し寄せてきた。

聖鷹との表向きの婚約は、紆余曲折の末に本物になった。

咲莉が大学を卒業して就職し、落ち着いたら結婚を考えてほしいと言われて、将来のことは考え中だ。とはいえ、咲莉にとっても彼以外の人など考えられないし、そういった意味では迷いはないのだが——。

「聖鷹さんの気持ちは、すごくありがたいし、嬉しいんですけど……でも俺、やっぱりちゃんと就職したいです」

正直な気持ちを伝えると、聖鷹は困ったように微笑んだ。

「そう言うと思ってた。でも、ともかく無理だけはしないでほしい。咲莉くんは過剰に根を詰めるから心配だよ」

彼はちらっと周囲に目を向け、人がいないことを確認してから、咲莉のこめかみの辺りに顔を寄せた。

一瞬だけ柔らかいものが触れて、胸の鼓動が速くなる。

軽く髪を撫でてから、おやすみ、と囁いて、少し心配そうな顔で彼が身を離す。

「お、おやすみなさい。送ってくれてありがとうございます、あ、ミエルも」

咲莉はそう言うと、アパートの階段を駆け上った。聖鷹は咲莉が二階端の部屋に入るまで見送ってくれる。いつも無事に部屋に入るまで見ていてくれるのだ。鍵を開け、手を振ってから急いで中に入った。

「ただいま、と」

咲莉の部屋は、六畳ワンルームの洋室だ。

古いが室内は綺麗にリフォームされていて、暮らすにはなんの問題もないが、この部屋の家賃が異様に安いのには理由があった。不動産会社によると、どうも数年前に真下の部屋でニュースになるような事件が起きたらしい。

そのせいで、三割ほど家賃を下げても、他の部屋もなかなか借り手がつかない状態だという。ガムテープで封じられたポストを見る限りでは、今も半分ほどが空いたままのようだ。

咲莉には霊感はまったくない。事故現場の部屋だとしたらさすがに悩むかもしれないけれど、ここは別の部屋だというし、特に恐怖は感じなかった。

だが、最初に家に来たとき、聖鷹は何か思うところがあったらしい。『どうしても一人暮らししたいなら、家賃は出すから他の部屋にしてほしい』と真剣な顔で頼まれたけれど、丁重に断って、咲莉は自分で家賃を払えるここに住むことを決めた。

（ちゃんと自立しなくちゃな……）

ずっと憧れの気持ちを抱いてきた聖鷹と、将来を約束した恋人という間柄になった。

けれど、十歳という年の差があるせいか、ともかく彼は咲莉にこれでもかというくらい過保護で、甘やかしてくれることだけは少々困りものだった。

聖鷹は、驚くくらいに咲莉を大事にしてくれる。けれど、まだ社会に出てもいないうちから彼の優しさと財力に甘え切っていたら、自分は堕落した人間になってしまう。そんな暮らしを送るうち、いつか聖鷹自身にも見放されてしまいそうだし、そもそも育ててくれた祖母の顔をまともに見られなくなってしまう。

（それに……万が一だけど、先々、聖鷹さんに別れたいって言われたとしても、ちゃんと生活していけるようにしなきゃだし……）

想像するだけで悲しいけれど、資産家の上にすべてにおいて優れた彼が、取りえもない自分を選んでくれたこと自体が奇跡のようなものだ。むしろ、これから先付き合っていく中で、彼の心がもっと素晴らしい別の誰かに向かうことのほうがずっと自然だろう。

もしも一人になったとしてもくじけずにどうにか生きていかなくてはならない。そのためにも、聖鷹の優しさに甘えすぎることなく、自分で稼げる範囲内で暮らせるようにしなくてはと、咲莉は常々自分に言い聞かせていた。

そもそも、就職が決まれば職場の近くに引っ越すつもりなので、この部屋は一年半程度の仮住まいだ。それを聖鷹に負担してもらっては、彼のマンションに世話になり続けるのと変わらない。

狭い風呂場は湯沸かし器の調子がいまひとつで、いきなり熱くなったり冷水になったりする。それをどうにか調整しつつ、シャワーを浴びる。

風呂を出たあとは、少し悩んだけれど、今夜は聖鷹との約束通り、パソコンを開かずに布団を敷いて休むことにした。


「――うん、昨日に比べるとずっと顔色がいいね」

翌日の午後、講義を終えた咲莉は、いつも通りまだ明るいうちにクイーン・ジェーンに向かった。店の扉を開けると、咲莉の顔を見るなり聖鷹はそう言って、ホッとしたみたいに微笑んだ。

(今日も眩しいです……！)

輝くような笑みとはまさにこのことだろう、カウンターの中に立つ彼の神々しいまでの美貌に目を焼かれそうになり、どぎまぎしながら「き、昨日はすごくよく眠れたので」と咲莉は答えた。

「実はここのところ、昼間も頭の中がもやもやしてたんですけど、今日はかなりすっきりしてます」

聖鷹のアドバイスを受け入れて、パソコンを開かず、改稿中の小説のことも考えずに目覚めた今朝。生まれ変わったかのようにすがすがしい気持ちで咲莉は目を覚ました。

そうして初めて、思いのほか、自分が疲れていたことに気づいた。

「そうだろうと思ったんだよね。睡眠不足は脳内のリソースを無駄に圧迫する大敵だよ。

ここしばらくの間、咲莉くんは珍しく疲れてる様子だったから心配だったんだ。店で失敗するくらいならいいけど、外を歩いていたら車に轢かれちゃいそうなくらいぼんやりしてたから」

うんうんと頷きながら、聖鷹は安堵の笑みを浮かべている。本当に心配してくれていたのだと実感するとともに、彼への感謝と申し訳なさが咲莉の中に込み上げてきた。

「はい、今日もピザトーストにしたよ」

聖鷹が今日のまかないの皿をトレーに載せて渡してくれる。とろけたチーズとトマトソース、香ばしいパンの香りが食欲をそそる。いつもながら早めに着いたので、まだシフトの入りまでは余裕がある。ここに座っていいよと勧められて、空いていたカウンター席の片隅に腰を下ろす。制服に着替える前に、咲莉はありがたくまかないを食べ始めた。

「あ、そうだ」

湯気を立てるカフェオレのカップを咲莉に渡してくれながら、ふと思いついたように聖鷹が言った。

「できれば、もう二日くらいは作業中の小説から離れておくほうがいいと思う」

「えっ!?　で、でも、もうじゅうぶん休みました」

予想外のことを言われて咲莉は困惑した。しっかり眠れたし、今日の夜、バイトが終わってからは、集中して作業を進めようと思っていたところだったのに。

聖鷹は水入りのピッチャーを手にすると、難しい顔になった。

「無理にとは言わないけど、でも、ずっと根を詰めてきたし、咲莉くんの疲れは一日くらいじゃ取れないと思うよ」

淡々とした様子で言われて、言葉が出なくなった。

「講義は今、多くても一日二コマだよね？　咲莉くんは集中力があるし、文庫本一冊の推敲作業的にはじゅうぶん間に合うんじゃないかな。ともかく、いいものを書きたいと思うならなおさら、最低でも三日くらいはしっかりと休養に充てたほうがいいよ。長く書き続けていきたいのなら、今後もある程度はきちんと休むようにしたほうがいいね」

提出日までうちの店のバイトは休んでもいいから、と言って、彼は水のお代わりを注ぐため客席のほうに行ってしまう。

（三日かあ……）

絶品のピザトーストで空腹を満たしながら、咲莉は悩んだ。

時間的には、聖鷹の言った通り、おそらく提出日には間に合うと思う。けれど気持ちが焦っていて、本音を言えば今すぐにでも改稿に取りかかりたいくらいだ。

だが、修正を始めたら、自分はまた寝不足になるまで没頭してしまうだろう。

考え込みながらカウンターそばの棚に目を向けると、お気に入りの自分用のベッドでミエルがうとうととしている。のんびりした白猫の寝姿を見ていると、休み下手な自分に指摘をくれた聖鷹の言葉が身に染みた。

　あのままがむしゃらに作業を続けていたら、きっとまともな修正なんてできなかっただろう。ひいてはせっかく得たデビューの機会も逃し、小説家への夢も諦めることになっていたかもしれない。こんなふうに冷静に考えられるようになったのは、少し小説から離れ、休息を取ったからこそだと思う。

（……聖鷹さんの言う通りにしてみよう）

　この際だから腹をくくって、あと二日はゆっくり体と心を休めようと決める。

　制服に着替えると、咲莉は気持ちを切り替えてバイトに集中した。

　店に出た咲莉と交代で、聖鷹が休憩に入る。

　ランチタイムを過ぎた店内は今日も空いていて、一人客のサラリーマンがスマホを眺めている以外は、数人の常連客が熱心に話し込んでいるだけだ。

　扉が開き、上部に取りつけられたベルがチリンと鳴った。

「いらっしゃいませ！　あ、こんにちは、三原（みはら）さん」

　客を迎えに出た咲莉は、見知った顔に気づいて笑顔を作った。

「こんにちは、山中くん。今日もお邪魔するわね」

　にこにこしながら入ってきたのは、二人連れの女性だ。

　真っ白な髪を綺麗に纏めた三原は、数日に一度は顔を見せる常連客だ。いっとき体調を崩していたが、元気を取り戻して再び来てくれるようになった。上品なマダムといった雰囲気の八十代くらいの女性で、一緒にいる中年の女性は、時折連れてくる娘だろう。

前の店主の時代から、三原はこの喫茶店の常連客だったらしい。

昨年、彼女が大切にしていたレッドダイヤモンドの指輪の在りかがわからなくなるという事件が起きた。しかも、盗んだのは、三原の孫の稜真（りょうま）だったのだ。最悪なことに、彼は『ボケた祖母が指輪を紛失した』と結論づけたかったらしく、どうせ見つかるまいと踏んで、指輪の在りかを捜してほしいと聖鷹の元に頼みに来た。

――この店は、珈琲一杯の代金を支払えば『捜し物』を見つけてくれると、常連客たちの間では密かな評判らしい。

そのおかげで、月に数人は、美味しい珈琲や特製スイーツ目当てではない客がやってくるのだ。

聖鷹がここで店を始めてから五年ほどになる。彼は、高齢で持病もある前のオーナーからこの店を受け継いだとき、同時に店の常連客と、彼らの愚痴の聞き役までをも引き継ぐことになった。

都心の一等地にひっそりとあるこの店に通うのは、主に近隣に住まいがある富裕層の高齢者たちだ。

彼らが持ち込んでくる『捜し物』のネタは、ささやかな思い出の品から、時には、警察や弁護士にも言えないようないわくつきの高価な品のこともある。

例によって聖鷹は、三原の孫が求める『捜し物』が、彼自身のバッグの中に隠されていることを突き止めた。聖鷹のおかげで、大ごとになる前に指輪が手元に戻り、警察から連絡がくる前に孫を改心させることができたと、三原は彼に深く感謝していた。

聖鷹の謎解きは、主に人助けのためだ。

彼は真実を見つけ出して、更にそれを依頼人に伝えることが正しいのかを確かめながら、真摯に解決していく。

聖鷹が大小様々な謎を華麗に解き明かす様をそばで見ていられるときは、小説家を目指す咲莉の創作心を何よりも刺激する時間なのだった。


「ごめん、ちょっと急ぎで銀行に行ってきてもいいかな」

咲莉がカトラリーをしまっていると、バックヤードから出てきた聖鷹が、慌てた様子で言った。

「今日中に手続きしなくちゃならないことがあって、皆川(みながわ)に頼んでいたんだけど、今電話がきて、どうも体調が悪いみたいなんだ」

多数の不動産を持つらしい聖鷹は、持ち物件の管理や手続きを、昔、彼の家で執事をしていた皆川清彦という男性に頼んでいる。皆川は聖鷹のマンションにも出入りし、料理の作り置きや掃除、備品の購入なども任されていて、しばらく滞在していた間、咲莉も世話になった。いつも背筋が伸びていて年齢を感じさせない人だけれど、もうそれなりに高齢のはずなので心配だ。

「皆川さんの具合は大丈夫なんでしょうか？」

「薬は飲んだって言ってた。元々血圧は高いみたいだし、念のため、あとでもう一度連絡してみるよ」

聖鷹は制服のエプロンを外すと、シャツの上から上着を着込んだ。すぐに戻ってくるからと言われて、「了解です、いってらっしゃい」と咲莉は足早に出ていく彼を見送った。

時計を見ると、十四時半を過ぎている。窓口の営業時間ギリギリだけれど、聖鷹の取引先の銀行は、徒歩でも十分くらいの距離だから間に合うといいのだが。

店内の客は七人で、ほとんどがオーダー品を提供済みなので、咲莉一人でもじゅうぶんに対応できるだろう。

（皆川さん、差し入れとか必要なものあるかな……）

考えてみると、咲莉は聖鷹の元で働いているということ以外、皆川のことを何も知らない。もし一人暮らしなのだとしたら、薬や食べ物の買い出しなど、何か手助けできることがあるかもしれない。

　頭の中で考えながら、しばらくキッチンの中を整え、いくつか追加オーダーを受ける。慎重にカプチーノを作り、レジに立って、ふと時計を見ると、聖鷹が出かけてからすでに一時間ほど経っている。

　窓口が混んでいるのかな、と思っていると、更に新規の客が入ってきた。オーダーと会計が重なり、少々忙しくなる。

「お待たせしました。ジャンヌ・ダルクと本日のスイーツです」

　今日のスイーツを出して、淹れたてのカフェオレとともに客席に運ぶ。

　客はメニュー表とカップ&ソーサーを並べてスマホで写真を撮っている。この店のドリンクメニューには誰もが知るような女性の名がつけられているから、きっとそれが珍しいのだろう。

　カプチーノは『エリザベート』、カフェオレは『ジャンヌ・ダルク』、エスプレッソは『ベアトリーチェ』、ウインナコーヒーは『マリー・アントワネット』、そして、ロシアンコーヒーは『アナスタシア』――有名な女性たちの名には、一つだけ共通点がある。

　それは、史実上では全員が非業の死を遂げている――ということだ。

　店名のクイーン・ジェーンもまた、たった九日だけ王座にいた悲劇の女王の名だ。

　この店を開くとき、聖鷹は前店主との約束で、店名とメニュー名もほぼそのまま受け継ぐことにしたそうだ。物珍しさから、たまに若い客が来るとメニューの写真を撮っていく。

だが、メニュー名の話題性に加え、珈琲とスイーツも抜群に美味しいのにまったくSNS等で話題にはならず、いっこうに客が増えないのが不思議だった。

咲莉がカウンターに戻ろうとしたとき、チリンと扉のベルが鳴って、聖鷹が戻ってきた。

「山中くん、ただいま。ごめん遅くなって」

ホッとして「いえ、大丈夫です。お帰りなさい」と咲莉は返す。

聖鷹の後ろから、かっちりしたスーツ姿の中背の人影が入ってくる。黒髪できりりとした顔立ちをした男には、見覚えがあった。

「ちょうどそこで会ったんだ」と聖鷹が笑って彼を見る。

「有馬さん、こんにちは。いらっしゃいませ」

「忙しいところすまないな」

聖鷹の友人である有馬礼人(あやと)は、無表情のまま頷いた。

彼は現在、警視庁で刑事として勤務している。聖鷹とは高校まで同じ学園に通っていた幼馴染みの間柄だ。

珈琲好きの有馬は、聖鷹がつてを使って特別に取り寄せる珍しい銘柄を目当てに、時折この店にやってくるのだ。

また、聖鷹は有馬に、何やら秘密の頼み事をしているらしい。資産家だった聖鷹の父は、事故によるとされる火事で彼が幼い頃に亡くなっている。有馬はその件が本当に事故だったのかを調べる手伝いを密かに頼まれていて、その件で定期的に連絡を取り合っているようだ。

聖鷹は上着を脱いでエプロンをつけると、空いているカウンター席に有馬を通す。

「こいつのオーダーはもう決まってるから僕がやるよ」

わかりました、と言って、咲莉は有馬に水とおしぼりを運ぶ。

カウンター席の端に座った有馬は、ちらりとそばにある棚を見上げた。

「あの猫は今日はいないんだな」

ふいに言われて、咲莉も棚の上を見上げる。

一番お気に入りの場所に置かれた猫用のベッドに、白猫の姿はない。

「あれ、さっきまでいたんですけど……バックヤードに入ったのかも」

きょろきょろと店内を見回してみても、いつもいるような場所に、ミエルの姿は見当たらなかった。

猫用トイレはバックヤードに置いてある。猫用のゲートはないが、賢いミエルは用があるときは、ドアの前でお座りをして『入るので』という意思表示をするのだ。

なんとなく気になって、客席の空いた食器を下げに行ってから、咲莉はバックヤードを覗いた。

だが、なぜかそこにも白猫の姿はない。ついでに奥の部屋も確認したが、見つからない。

隅々まで捜して、バックヤードの中にはいないことを確かめてから、咲莉は店内に戻る。

淹れたての珈琲をカップに注いだ聖鷹が、こちらに目を向けた。

「はい、本日の珈琲。A卓に運んでもらえる？　……あれ、どうかした？」

コーヒーカップをトレーに載せた聖鷹が、驚いたように眉を顰めた。

運びます、と言って、ともかくカップを受け取って、咲莉は客の元に届ける。

それから、平静を装って店内を一周し、どこか客のそばで白い猫が眠っていないかと隅々にまで目を配った。

最後には、ゴミを拾うようなそぶりでしゃがんで、床でまったりしていないかと捜したものの、あの白くてふわふわの毛並みはどこにも見つからなかった。

にわかに血の気が引く。

咲莉は動揺をこらえながら聖鷹に駆け寄った。

「山中くん、何かあった？」

咲莉の行動を目で追っていたのだろう、カウンター越しに有馬に特製の珈琲を出してから、聖鷹が気遣うように訊ねてきた。

「店長……み、ミエルが、店内にいないみたいなんです」

「え？　ほんとに？」

面食らった顔になった聖鷹は、咲莉から事情を聴く。「念のため、もう一度確認してみるね」と言って、咲莉が捜したのと同じように、白猫のお気に入りの場所、客席、バックヤード、奥の部屋を見回ってから、店に戻ってくる。

腰に手を当てた彼は、難しい顔になった。

有馬は香り高い珈琲を静かに味わっている。

「山中くんが最後にミエルを見たのって、いつだった？」

聖鷹に訊ねられて、咲莉は記憶を探った。

「ええと……店長が銀行に出かけるのを見送ったときには、カウンター脇のベッドにいたはずです」

ちらっと見て、気持ちよさそうに眠っているなと頬を緩めた記憶がある。

「そのあとは……すみません、はっきり覚えていなくて」

「謝らないで」と言われたけれど、ミエルがいなくなったのは、確実に、聖鷹が出かけてから戻るまでの間だ。

――つまりあの子は、咲莉が一人で店番をしている間に消えてしまったのだ。

ミエルは仔猫のときに聖鷹が引き取り、毎日話しかけてブラッシングもし、大変愛情を注いで可愛がっている猫なのだ。

この辺りは一本出れば交通量の多い大通りに突き当たる。ミエルは毎日聖鷹と一緒に店に出勤しているけれど、室内飼いなので土地勘はないはずだ。もし迷子になってしまったら自分で戻ってくることは難しいだろう。朝晩は冷える時期で、いつもぬくぬくと毛布や柔らかい猫ベッドの上で温まっていた猫だ。外に出てしまったなら、一刻も早く見つけてやらないと、風邪をひいてしまうかもしれない。

「お、俺、外を捜してきます」

泣きそうな気持ちをこらえて言うと、聖鷹が咲莉の肩を優しく掴んだ。

「咲莉くん、落ち着いて。言うまでもないことだけど、君が不注意で逃がしたわけじゃないんだ。ミエルは頭がいいし、僕の言葉もよくわかってる。自分の足でここから出ていくことはないよ」

はっきりと言われたが、それでも罪悪感は消えなかった。

これは、咲莉が店番を任されていた店内で起きたことなのだから。

「で、でも、そうだとしたら……お客さんの誰かが、連れてったってことに……」

「もちろん、その通りだよ」

きっぱりと言った聖鷹に咲莉は目を丸くした。

聖鷹は困ったみたいに小さく笑った。

「それに、ミエルは好き嫌いがはっきりしているから、好きじゃない人や、まったく知らない人には何があってもついていかないと思う。そう考えると、連れ去った人間はかなり絞られるはずだ」

「——捜査会議だな」

ふいにカウンターのほうから声がした。ハッとして目を向けると、珈琲を飲み干した有馬が、こちらにくるりと体を向けるところだった。

「あの猫の価値を知っている者が犯人かもしれない」

「えっ、価値……って、ミエルは雑種の保護猫じゃないんですか？」

予想外の有馬の言葉に、咲莉は動揺して聖鷹を見上げた。

「……血統書はついていない雑種だよ。ただ」と聖鷹が小声で切り出す。

「ミエルは白猫じゃないんだ。腹の一部にぽつんぽつんと黒と茶の部分があるのは知ってるよね？　一応、三毛なんだよ」

咲莉は猫の種類に詳しくはないけれど、確かにミエルの腹には斑点みたいな別の毛色があるのは知っている。

「オスの三毛猫はかなり珍しい。雑種だから売買することはないし、値段はつけようもないけど、価格をつけるなら一千万とか二千万とか言う人もいるくらい希少なんだ」

「い、いっせんまん!?」

驚いて思わず声を出してしまい、慌てて咲莉は自分の口をふさいだ。

有馬が淡々と言った。

「まあ、実際にそれだけの価値があるかどうかは関係ないな。単純に、希少価値があると気づいて『高く売れるかも』という思い込みで盗むなんてよくあることだ。ともかく、遠くに運ばれたりする前に見つけなくちゃな」

「まだ署に戻らなくていいのか？」

聖鷹が訊ねると、有馬は「ああ」と頷いた。

「今は連絡待ちなんだ。この店にあの猫がいないとなんだかすっきりしない。待っている間だけだが協力しよう」

「あ、ありがとうございます……！」

心強い言葉に咲莉は目を輝かせた。

そうだ、この人は警察官なのだ。行方不明者の捜索ならお手のものだろう——今回は、人間ではなく猫だけれど。

考えてみれば、有馬はいつもこの店を訪れるたびに、必ずミエルのそばの席を選んでいる。しかも今日の彼は、咲莉よりも先にミエルがいないことに気づいた。

いつも特に撫でもしないし、名を呼びもしない。けれど、どうやら有馬はかなりの猫好きで、密かにミエルがお気に入りだったようだ。

「非常事態だから」と言って、聖鷹はこれ以上客が入ってこないよう、扉の外にCLOSEDの札をかけた。

今の店内は、テーブル席が二つと一人席が一つ埋まっているだけだ。ちょうど、新たに入ってきた客のオーダー品をすべて出し終えたところだったのも幸いだった。

聖鷹はエプロンを外すと有馬の隣に腰を下ろす。咲莉はカウンターの中に入り、客の様子を気にかけながら、二人の話を聞かせてもらうことにした。有馬たちにはミエルを見つけ出すことに集中してもらわなくてはならない。

スーツの懐から手帳を取り出して、メモを取りながら、有馬が切り出した。

「連れ去ったとしたら、桜小路が出かけていた一時間程度の間に店内にいたうちの誰かだよな。山中くん、覚えている限りの状況を話してもらえるか？」

「はい、ええと……」

咲莉は必死でつい先ほどまでの記憶を探った。

聖鷹が出かける前。元々いた客は七人だった。

途中で一人客が二組入ってきた。

その後、二人組が二組と一人客の、計五人が帰った。

そして聖鷹が戻ったあとで、一人入ってきたところで、店を閉めた。

「今、店内には五人の客がいるな。つまり、山中くんが一人で店にいた当時、店内に出入りした九人の中から、まだ今も残っている四人を除いた五人の客の中に、ミエルを連れ去った者がいるということだ」

有馬がちらりと客席に目を向ける。

「――ああ、わかった」

唐突に聖鷹が言って、咲莉は目を見開いた。

「わかったんですか!?」

「うん、ほら、書き出すと一目瞭然だよ。ミエルを連れていける人は五人いるような気がするけど、僕がいたときから店にいた二人組二組はスーツ姿のサラリーマンで、それぞれ二人席に座って互いに商談をしてた。仕事の話をしに入った店で、そのうちの一人がいきなり猫を攫ったりしたら、さすがに誰か止めるだろう。だから犯人は、僕がいないときに入ってきて、戻る前に帰っていった、一人客に決まりだ」

彼は胸ポケットからペンを取り出すと、そばにあった紙ナプキンにさらさらと状況を書き出す。すると、確かに、そのサラリーマン二組を除くなら、実行犯は一人に絞られる。

「どんな人だったか覚えている？」

聖鷹の問いかけに、咲莉は頭を悩ませた。

「ええと……とりあえず、常連の方ではなかったと思います。確か、三十代か四十代くらいの女性で、肩くらいの長さの黒髪で、暗い色のパンツスーツみたいな、地味な感じの服装だったかも……あ、眼鏡をかけていて、珈琲を飲むとき以外はマスクをしていました」

記憶を辿って話したが、聖鷹にも思い当たるような客はいないらしい。

二人の話を聞いて、有馬が眉を顰めた。

「そうか。最悪、被害届を出してくれれば、近隣の防犯カメラを辿って犯人を特定することはできるだろうが……どうする？」

聖鷹は悩んでいるようだ。おそらく、正式に届けを出せば、犯人を刺激することになるかもしれないし、見つかったときに罪を問わなくてはならなくなってしまうからだろう。件の客が犯人だとしても、いったいどういう意図で連れていったのかもまだわからないのに。

「そもそもだが、ミエルを可愛がっていた中に、あの猫を執拗に欲しがっていた客はいないのか？」

「それが……実は、何人かいるんだよね」

聖鷹はため息を吐く。咲莉にとっても、それは初耳だった。

だが、『猫がいる』という注意書きがある店に入ってくるだけあって、この店を訪れる客は猫好きが多い。

しかも、大人しくて綺麗な上に賢いミエルは、常連客たちから大人気なのだ。飼うために攫う者がいないとも言い切れない。

「だけど、さすがに僕に無断で連れ去るようなことをする人は、ミエルを可愛がってくれるお客さんの中にはいないと思う」

ふむ、と有馬は腕組みをした。

「ただ、猫を引き取りたいと口で言うのと、盗みを実行に移すのとでは天と地ほども差がある。そもそも猫を連れ去るなら、それなりの大きさの入れ物が必要だろう。わざわざそれをこの店に持ち込んでまで、どうしても、今決行しなくてはならない理由がある人間は誰なのか」

有馬の言葉に、聖鷹がふいに難しい顔になって、額に手を当てた。

「あ……そうか。犯人、わかったかもしれない」

「えっ!?　だ、誰なんですか!?」

咲莉は息を呑んで食いついた。

「まだ確証はないんだけど……たぶん。でも、あそこの家は、確かいくつか店をやってて、住まいも何箇所かあるはず。連れていかれたとしても、ミエルがどこにいるのかがわからないな」

聖鷹が困り果てたように顔を顰める。

「名前と店名がわかるなら調べられる」と有馬が小声で言った。

そのとき、ふと店内に目を向けた咲莉の目に、話し込んでいた三原たち二人組のテーブルのグラスが映った。どちらもほとんど空になっていて、窓際でスマホを弄っている一人客の水も減っている。

聖鷹の話はとてつもなく気になるけれど、今はアルバイト中だ。

ちょっとすみません、と聖鷹たちに言い置いて、咲莉はお冷やのピッチャーを手に客席に向かった。

「あらまあ、ありがとう。いやだわ、もうこんな時間？　そろそろ帰らないと」

咲莉がグラスに水を注ぐと、三原は時計を見てため息を吐いた。

「ずいぶん長居しちゃってごめんなさいねえ。楽しい時間はあっという間ね」

長くいる分、三原たちは珈琲をお代わりして、スイーツも二人でそれぞれ二つ注文してくれた。珈琲一杯で何時間も過ごす客もいる中で、かなりありがたい上客だ。

「サヤちゃんはいつの間にか帰っちゃったのね。帰る前に声をかけようと思ってたのに」

三原の娘が客席を見回して何げない様子で言う。サヤちゃんとは誰だろうと咲莉は思わず首を傾げた。すると三原が、今有馬が座っているカウンター席を指さした。

「ほら、あのスーツの人が座ってらっしゃるカウンター席、ミエルちゃんのベッドのお隣に座っていた子よ。私たちには気がつかなかったみたいで、挨拶する前に帰っちゃったみたいねえ」

咲莉はハッとした。

「あ、あの、もしかして、肩くらいまでの髪の、眼鏡の女性ですか？」

「そうそう！　原田沙耶(はらださや)ちゃん。宝飾店の原田さんのお嬢さんなの。うちの娘と同級生なのよ」

　喜々として上げた三原の声が聞こえたらしく、聖鷹が血相を変えて立ち上がった。


　制服の上にコートを着込んだ咲莉は、聖鷹とともに店を出た。

「こんばんは。桜小路といいます。近くの喫茶店の者です」

　近所にあるマンションのインターホンを押して聖鷹が言うと、応答した女性が息を呑むのがわかった。

　一瞬、インターホンを切ろうとしたのか、女性は黙り込んだが、「今日、店にいらっしゃいましたよね」と聖鷹が続けると、観念したのか、しばらくしてドアが開いた。

「どうぞ」と暗い顔で中に通してくれたのは、今日クイーン・ジェーンに一人でやってきた眼鏡の女性――原田沙耶だ。

　室内は、聖鷹のマンションほど豪華ではないものの、一般庶民の家の広さではない。原田家もまたかなり裕福なようだ。

　先ほど三原から、原田親子の現在の住まいであるマンションを聞き出した聖鷹は、ペット用のキャリーバッグを持ってすぐさま店を出た。

ちょうど三原たちと話しているうちに、最後に残っていた一人客が席を立った。三原たちも帰るところだったので店は閉めて、咲莉も同行している。有馬は待っていた連絡がようやくきたようで、「もし何かあれば連絡してくれ」と言って、店の前で別れた。

「うちの猫を返してもらいに来ました」

玄関を入ったところで聖鷹が率直に言うと、沙耶はおずおずとうつむいた。

「勝手をしてすみません……でも、母は何も知らないんです。快く譲ってもらえたってことになっていて……」

ともかく、ミエルに会わせてほしい、と聖鷹が言うと、びくびくしたまま沙耶が奥に通してくれる。

「こんなことお願いできる筋合いじゃないんですけど……できたら、私があの猫を盗んだことは、母には黙っておいてもらえませんか？」

必死な顔で沙耶は言う。

聖鷹は珍しく冷ややかに「すべてはミエルの無事を確認してからです」とだけ返す。

沙耶は諦めたように奥まった部屋のドアをノックする。

「母さん？　ちょっとお客さんなんだけど……」

返事がないままドアを開けると、中は広めの洋室で、中央に電動ベッドが据えられていた。

ベッドには、白髪の女性が寝間着姿で横たわり、目を閉じている。

その布団の上に、白い猫が丸くなっているのを見つけて、咲莉は歓喜で胸がいっぱいになった。

聖鷹が声をかけるまでもなく、ミエルは彼が部屋に足を踏み入れた瞬間に、ぱっちりと目を開けた。

「ンナッ!!」と珍しい声を上げてベッドを飛び降り、こちらに駆け寄ってくる。しゃがみ込んだ聖鷹と咲莉の足元を大喜びですりすりしながらぐるぐると回った。

「シロちゃん……あ、店長さん？」

ミエルの鳴き声で目を開けた女性が、こちらを見て戸惑ったような声で言った。

「こんばんは、原田さん。突然お邪魔してすみません」

聖鷹はそう言いながら、持ってきたペット用キャリーバッグを開けて床に置いた。

「何をなさるの？」

「ちょっとした行き違いがあったようです。僕にはミエルを譲る気はありませんので、申し訳ないですがこの子は連れて帰ります」

「そんな……、シロちゃん、待って」

寝間着姿の原田は驚いた顔で無理にベッドから下りると、へなへなとその場に膝を突く。

母さん、と慌てて沙耶が駆け寄って原田を支える。沙耶は涙交じりに聖鷹を見上げた。

「店長さん、お願いです。どうか、その猫を母に譲ってもらえませんか？」

「えっ」

今更ながら頼む言葉を聞いて、思わず咲莉は声を出してしまった。

「母は余命を言い渡されているんです。だから、せめて最後のときを、昔可愛がっていた猫とそっくりなその子と一緒に過ごしたいっていう願いを、叶えてあげたいんです。お金ならいくらでも払いますから」

ミエルはぐるぐる喉を鳴らしながら聖鷹と咲莉の足元でまったりしている。

聖鷹が答える前に、通路のほうから物音がした。ドアが開いて、スーツ姿の中年男性が入ってくる。

「あれっ、すいません、お客さんだったのか。えっ、沙耶、この猫、どうしたんだ!?」

男性は聖鷹と咲莉を見て、それから白い猫の存在に気づき、ぎょっとする。

聖鷹はミエルを撫でながら冷静な声音で言った。

「近所で店をやっている者です。今日、うちの店から猫が連れ去られたもので、迎えに来ました」

「なっ……沙耶!?　まさか、猫を盗んできたのか？　なんてことを」

男性が呆然としたように沙耶に言う。どうやら彼は沙耶の兄らしい。

沙耶が悔しそうに言う。

「全部母さんのためよ。もう足腰がおぼつかないのに、二年前に亡くなったシロちゃんにもう一度会いたい、叶わないなら、よく似た猫のいるあの喫茶店に行きたい、って何度も言うから、ちょっとでも元気を出してもらいたくて」

原田が「沙耶、勝手に連れてきたって、本当なの……？」とおそるおそる娘に訊ねる。返事がないのが肯定だと気づいたらしく、顔色が青ざめていく。

「店長さん、ごめんなさい。沙耶から『うちの事情を話したら、快く猫を譲ってくれた』とミエルちゃんを見せられて……驚きましたけど、ありがたく思っていたところです」

原田は悲しげにミエルを見ながら言った。

「でも……ミエルちゃんは、シロちゃんが大好物だった美味しいおやつを出しても、いっこうに食べてくれないから、本当はうちに来たくはなかったのかしらって思い始めていたところだったんですよ」

どうやら原田は、娘の行動にはかけらも関与していなかったらしい。

「娘が勝手をして申し訳ありません。もちろん、ミエルちゃんはお返しします。お詫びは改めてしますから、どうか許してください」

不自由な体で深々と頭を下げられて、「原田さん、顔を上げてください」と聖鷹が言った。急いで息子が近寄り、母の顔を上げさせる。弱った原田を間に置いて、息子と娘が睨み合った。

「勝手に連れ出したのが原田さんの意思じゃないことはわかっていました。原田さんは、店に来るたびミエルをとても可愛がってくれましたよね。ミエルが娘さんのバッグに入れられても暴れなかったのは、きっと、原田さんの匂いがしたからだと思います」

「ウナン」

肯定するみたいにミエルが鳴いた。

「妹がご迷惑をおかけして、本当にすみません。明日にでも、改めてお詫びしに行きますんで」

息子が苦い顔で言う。すると、我慢ならないといった様子で沙耶が声を荒らげた。

「あんたなんか、母さんの介護もしないくせに！　私は母さんのためを思って……！」

「――沙耶さん」

聖鷹が突然、彼女の言葉を遮った。

「身内の揉め事に口を出すつもりはありませんが、うちの猫を遺産争いを優位に運ぶためのコマにするのはやめてください」

原田の息子がハッとしたように聖鷹を見て、それから妹を見る。沙耶は驚愕した顔になり、動揺した様子で母に「ち、違うのよ、母さん！」と縋った。

「原田家の事情に踏み込むつもりはありません。警察に被害届を出すかどうかは保留にしておきます。その代わり、沙耶さんは、もう二度とうちの店には近づかないという誓約書を書いて、店に送ってください」

冷静な声音で聖鷹が言うと、沙耶がびくっとなった。

「うちの店にあなたが出入りしたときの防犯カメラの映像は、しっかりと保管しておきます。もし、次に何かあれば、今回の罪も上乗せされますよ。警察沙汰になれば、イメージが大切な宝飾店の商売にもかなり大きな影響が出るはずです。そのことを重々お忘れなきように」

聖鷹が釘を刺すと、沙耶は苦い顔で頷いて、力なくうつむいた。

原田の息子が困り切った顔でぼそぼそと声をかける。

「沙耶……なんでそんな無茶までして、母さんの機嫌を取ろうとするんだよ？　介護っていったって全部ヘルパーさん任せで、俺もお前も何もしてないし、遺産は半分ずつにしようって決めたじゃないか」

すると、沙耶がキッと兄を睨んだ。

「兄さんはずっと優遇されてきたのよ！　学費だって生活費だって、母さんが出してくれる額は、いっつも兄さんのほうが多かったんだから……遺産くらい、私が多めにもらってもいいでしょう!?」

「沙耶、人様の前でやめて」

原田が弱々しい声ながらぴしゃりと言った。

「遺産については、不満があるなら、また落ち着いて話し合おう」

不公平さに思い当たるところがあったのか、男性が妹を気遣うように言う。

「お前は、母さんよりずっとシロちゃんのことを可愛がってたし、猫が大好きだったのに、こんなことをするなんて……」

沙耶はうつむいて唇を噛んでいる。

家族の言い争いが収まったのを見て、聖鷹はやれやれというように白猫を促した。

「さ、帰るよ、ミエル」

ペットキャリーに入るよう促すと、いつもすぐに飛び込んでくるミエルは、なぜかすぐにはやってこず、床に座り込んだままの原田のほうにとことこと近寄っていく。

ミエルは原田の膝にすりっと体をすり寄せ、それから、ついでのように沙耶の膝にも尻尾をぺちんと触れさせてから、駆け足で聖鷹の元に戻ってきた。

聖鷹は苦笑しつつ、ペットキャリーに自ら飛び込んだ愛猫を撫でてから、きっちりとジッパーを閉じる。

「沙耶さんの出禁はさすがに解くわけにいきませんが……ミエルは、可愛がってくれた原田さんには、また店に来てほしいと言っているようです」

沙耶がハッとして顔を上げる。ミエルが入ったキャリーバッグをまじまじと見る彼女の目から涙が溢れた。

ごめんなさい、と呟いて、沙耶は顔を覆う。

聖鷹がミエル入りのバッグを大事に肩にかけて、立ち上がる。

「咲莉くん、帰ろう」と声をかけられて、そばで呆然と座っていた咲莉も、慌てて彼に倣った。

聖鷹が泣きそうに顔を顰めている原田に声をかける。

「ミエルが待っているそうなので、またいつでもうちの店にいらしてくださいね」

嗚咽する沙耶の横で、原田と息子が深々と頭を下げる。咲莉も慌てて頭を下げると、聖鷹について原田家をあとにした。


店に戻ると、ミエルのごはんの時間を三十分ほど過ぎていた。

急いで、とっておきのエサを盛って出すと、がつがつといつにないほどの勢いで食べる。のんびりしているように見えたが、突然連れ去られて、見知らぬ家に滞在し、疲れたのだろう。

(無事に戻ってきて、本当によかった……)

聖鷹が思い当たった相手は、亡くした愛猫によく似ていると、たびたびミエルに会いに来ていた原田夫人だった。しかし、ここ一年ほどは体調が優れないそうで、たまにしか来なくなっていた上に、彼女自身は猫を連れ去るなどあり得ないくらいおっとりしている。

だから、おそらくは周りの人間が、病床の彼女に会わせるために連れていったのではないか——というのが彼の推理だった。

そこへ、ちょうど店に来ていた常連の三原親子から『サヤちゃん』のことを聞けたのは幸いだった。沙耶は聖鷹がいない間に店を訪れ、奥の席にいた三原たちには気づかずに犯行に及んだのだ。

聖鷹がいれば、すぐに犯人は判明していただろう。沙耶は咲莉がクイーン・ジェーンで働き始める前まで、母親と同じくらいよくこの店を訪れ、珈琲とスイーツを楽しんではミエルを撫でていた、原田の娘だったのだから。

聖鷹が有馬にメッセージを送って解決を報告する。彼もミエルのことを気にかけていたのだろう、すぐに『了解。よかったな』という返事がきた。

「閉店時間まであと少しだし、今日は店は閉めたままにするよ」

「あ、じゃあ俺、夕食作りますね」

聖鷹が疲れた様子なのが気になって、咲莉は張り切って疲れが取れそうなメニューを作ることにした。

（でも、疲れて当然だよね……）

沙耶にも事情があったにしろ、可愛がっている愛猫を盗まれたのだ。

咲莉は聖鷹の好物を考え、鍋で米を炊くと、聖鷹が好きなだし巻き卵にキャベツの浅漬け、簡単だが煮物と味噌汁も作る。

「……美味しい。咲莉くんが作ってくれるものは全部美味しいね。特に今日は和食が染みるよ」

夕食を食べながら、しみじみと言って彼は微笑んでくれた。

片付けはやると彼が言ってくれたので、咲莉は店の掃除を担当する。その間、ミエルは四人掛けの席でのびのびと爆睡しているのが微笑ましかった。

すべて片付け終えたあと、聖鷹がカフェインレスのカフェオレを淹れてくれた。二人が白猫の寝姿を眺められる窓際のカウンター席に座ると、目を覚ましたミエルが寄ってきて、咲莉の膝の上にぴょんと飛び乗った。聖鷹と笑い合い、並んで温かいカフェオレを啜る。

やっと、ミエルが無事に帰ってきたという実感が湧いて、緊張が解けていくのを感じた。

「皆川からも返信がきてた。あのあと病院に行って薬をもらったみたいだ」

スマホを取り出して、聖鷹が言う。

「『本日は申し訳ありませんでした。もう問題ありませんので、明日はマンションの掃除に伺います』って書いてある。無理せず、しばらく休んで構わないって言っておいたのに」

苦笑する彼に、咲莉も頬を緩めた。

「皆川さんは、本当に働き者ですよね」

「そうだね。でも彼は僕の父と同年代だから、あまり無理しないでほしいんだけど」

しばらくしてからテーブルに肘を突いた聖鷹が言った。

「……まったく、なんでみんな、そんなに金が好きなんだろうね」

彼は今日の事件を思い出しているらしい。

最初は沙耶は、病床の母親を思うあまり、ミエルを連れ去った親孝行な娘なのかと思っていた。しかし、聖鷹が得ていた原田家の情報によると、それはだけではなかったようだ。

「咲莉くんは、もしも兄弟と遺産の額が公平じゃないって思ったら、どうする？」

「え……うーん、どうするかな……俺、両親も兄弟もいないから、正直なところはよくわからないんですけど……」

寂しい境遇だが、本当にいないものはしょうがないので、想像してもよくわからない。

聖鷹の目が、しまったという顔になったので、慌てて付け加えた。

「で、でも、もしばあちゃんが大金持ちだったとして、誰か身内と遺産争いになったとしたら……俺に遺すんじゃなくて、ばあちゃん自身のために使ってほしいかなあ」

自分自身の気持ちを探るようにしながら、咲莉は答えた。

そう言うと、聖鷹はまじまじと咲莉を見つめた。

「あの、俺、お金に執着がないってわけじゃなくて、バイトで稼いで貯金が増えるのはすごく嬉しいし、もっと貯めなきゃって思うんですけど、なんていうか……働かずに入ってきたお金って、使うときに心苦しさがあってすっきりしない気がして……」

もごもごと口籠もりながら説明する。貧乏暮らしが長いので、どちらかというと、金に執着はあるほうだし、一円でも大事にする。だからこそ、たとえ身内であっても人の金を欲しいとは思わなかった。

今日の沙耶の行動は、決して褒められたものではない。だが、店に行けない母にミエルを会わせてやりたいという気持ちも、嘘ではなかったのではないかと思いたかった。

うまく説明できなくて、咲莉はたどたどしく気持ちを言葉にする。

しばらく黙っていた聖鷹が、ふいに顔を寄せてきた。

「キスしてもいい？」

「え、えっと……」

訊ねられて、どうしようかと咲莉は悩んだ。膝の上のミエルはよく寝ている。しかしここは店だ。仕事中に思い出してしまいそうなので、できればマンションでしてほしかったけれど、今日だけはと思ってこくりと頷く。

すぐに美しい彼の顔が近づいてきて、唇をちゅっと軽く吸われる。身を硬くしていると、もう一度優しく重ねられた。

店でのキスは、他に誰もいないのに、いけないことをしている気分がした。軽く吸われただけなのに、気持ちをあらわすかのような愛しげな口付けに、じわっと顔が熱くなる。

ゆっくりと顔を離した彼は、この上ないくらいに優しい顔で咲莉を見つめていた。

「はあ……元気を補充したよ」

ため息交じりの言葉に、思わず笑って「よかったです」と咲莉は言う。

「……咲莉くんて、人間界に下りてきたばかりの天使みたいなところあるよね」

「えっ、ええっ!? よ、よくわからないんですけど、それってどういう意味ですか?」

動揺して突っ込むと、聖鷹が首を傾げた。

「うーん、純粋というか、世俗にまみれていないというか、清らかというか……ともかく、咲莉くんと話していると、心が洗われるような気がする。君のそういうところ、僕はすごく好きだ」

苦笑しながら言う彼は、どこか少し照れているようだ。からかわれているわけではなく、どうやら本気で言っているらしい。目を覚ました白猫――いや、白猫風味の隠れ三毛猫が、聖鷹の膝の上に移動して、またうとうとし始めるのに微笑んだ。

「……俺も、聖鷹さんのこと、大好きです」

二人と猫以外は誰もいない店で、咲莉はそっと囁いて返した。

それから、彼のアドバイス通りに、あと二日は原稿から離れて休みを取ると決めたことを伝える。聖鷹はやや安堵したように息を吐いた。

「それはよかった。咲莉くんは限界まで無理しそうだから気になっていたんだ。アドバイスを受け入れてくれて嬉しいよ」

はい、と咲莉もにっこりして頷く。

人外の生き物みたいに言われて困惑するし、彼の考えていることは正直さっぱりわからない。

けれど、今日、彼とその愛猫が大変な思いをしたことだけは確実だ。大好きな聖鷹と大好きな猫の両方が、少しだけ元気を取り戻してくれたようで、咲莉はホッとした。

覚悟を決めて、咲莉が執筆を休むと決めた三日間が過ぎた。その翌日は、月に二度のクイーン・ジェーンの定休日だった。

*

その日はちょうど咲莉も大学の講義がない日だった。

だが、聖鷹は以前から知人の祝いの席に呼ばれていて、顔を出さないわけにはいかないらしい。咲莉は改稿を再開するつもりだが、講義もバイトもなければ時間に余裕がある。せっかく二人とも休みなのに一緒に過ごせないなんてと聖鷹のほうががっかりしていた。

せめてもと、定休日の前日は「今日はうちに来るよね?」と誘ってくれた。

もちろん、喜んで咲莉は応じ、聖鷹と一緒に仲良く夕食を作って食べた。夜はミエルを間に挟んで映画を見たりして、楽しい時間を過ごしたのだが——。


「えっ、ほんとに?」

翌日の午前中、出かける間際に電話を取った聖鷹が、驚いた声を出した。

そばでミエルを構っていた咲莉は、何があったのかと気になった。しばらく深刻そうな顔をして話したあと、電話を切ってから彼が教えてくれた。

「鞠子さんからだった。皆川が入院したって」

「ええっ!?」

一昨日体調を崩した皆川は、結局その翌日も回復しなかったらしく、申し訳なさそうに休みの連絡がきたと聞いていた。近所の病院では特に異常は見つからなかったそうなので、体調が良くなるまで無理せず休むようにと聖鷹が伝えていた。

その後も聖鷹は心配して、皆川の自宅にすぐに食べられる療養食類の配達を手配したりしていたのだが、やはりどこか悪いところがあったようだ。

「具合はどうなんでしょう？　もしかして、手術とか……？」

「いや、鞠子さんにも詳しいことはよくわからないみたいだ。ともかく保証人が必要だから、入院の手続きをしに行ってほしいっていうことだった」

皆川は元々、聖鷹の亡き父親に雇用されていた。その関係で、緊急連絡先として手帳に鞠子の電話番号が記載されたままで、彼女の元に知らせがきたらしい。

「皆川にはもう身内が誰もいないみたいなんだよね。独身で一人暮らしだし。だから、うちの人間が唯一の親戚みたいなものだ」

そう言いながら、コートに袖を通す聖鷹の表情は晴れない。子供の頃からそばで働いていたというから、皆川の具合が気がかりなのだろう。

「鞠子さんは今鎌倉だし、とりあえず入院先を聞いたから、祝いの会に行く前にそっちに行ってくるよ。ばたばたして今日は少し遅くなるかもしれないけど、ごめん。あ、ミエルのごはんをお願いしてもいいかな」

「わかりました、任せてください」

いったん病院に寄るためだろう、聖鷹は元々着る予定だったスーツ一式には袖を通さずに、ガーメントケースに纏めている。

「行ってきます」と言って素早く咲莉の頬にキスをすると、彼は慌ただしく出かけていった。

ドアが閉まると、咲莉の中ににわかに不安な気持ちが込み上げてきた。

(皆川さん、大丈夫だといいんだけど……)

見舞いや差し入れなどが頭をよぎったけれど、まだその段階ではないだろう。そう考えると、皆川のために、今の自分にできることは何もない。

もしやれることがあるとすれば、彼の仕事の代わりをするくらいだ。

皆川は昔執事だったというだけあって、几帳面な完璧主義で、仕事に誇りを持っている。

きっと、急に休むことになれば、入院先で相当心苦しく思っているのではないか。

聖鷹はなんでもできるけれど、いつも部屋を完璧に整える皆川がいないと不便なこともあるはずだ。

（皆川さんほど完璧なハウスキーパーにはなれないと思うけど……）

いつの間にか足元に来ていたミエルが、すりっと咲莉の足にすり寄ってくる。

（……よし、今日は、皆川さんの代役として頑張ろう）

「掃除するから、ミエルも手伝ってくれる？」

「ンー」

冗談ぽく頼むと、なんだか面倒くさそうな鳴き方の返事がくるのに笑ってしまう。

咲莉はひとしきり白猫を撫でてから、張り切って動き始めた。


ミエルにおやつをあげてから、シーツやタオル類を纏めて、まず洗濯機を回す。埃をはたき、窓を拭いて、広い部屋の中を掃除して回った。

おそらく、今夜は聖鷹は夕食を済ませてくるだろう。ならば、明日以降に食べられるようにと、次はキッチンに籠もって料理を始める。冷蔵庫の食材から考えて、彼の好きな和食のおかずをあれこれと作り置きした。

料理の最中にスマホが鳴ったので、手を止めてチェックする。届いたのは聖鷹からのメッセージだ。

『今病院に来たところ。皆川は盲腸をこじらせて腹膜炎を起こしていたみたいだ。今は薬で落ち着いているそうなんで、これから詳しい話を聞いてくる』

命に別条があるわけではないから安心して、と書いてあり、咲莉もホッとした。知らせてくれた礼を伝えて、返事を送る。

（もし手術をするとしたら、退院したあともしばらくは無理はせずにいてもらわなきゃ……）

これまで、このマンションで厄介になる上で、咲莉も皆川にはいろいろと世話になっている。今回は自分が役に立つ番だ。

ともかく、これからしばらくの間は、自分が皆川の代わりをしよう。改稿も進めなくてはならないけれど、じゅうぶん休んだおかげか、今は以前のような切羽詰まった気持ちが消えて、不思議なくらい冷静に考えられる。きっと、無理のない範囲でどちらも両立できるはずだ。

ならばと考えて冷蔵庫の中を覗き、今日のうちにいくつか足りない食材を買いに行こうと思い立つ。

ミエルが気持ちよさそうに窓際のソファで昼寝をしているのを確認してから、咲莉はダッフルコートを着込んで部屋を出た。

日暮れ前の人通りの多い街に出て歩き出す。

都心の店はどこも値段が高い。少し距離があるけれど、近隣でもっとも庶民的なスーパーに行こうと決める。

（……そうだ、しばらくは俺が買い出し係もしたほうがいいかも）

店の営業時間が長いので、聖鷹は買い物をほとんど皆川に任せていたはずだ。トイレットペーパーや洗剤などの値段を見ておこうかと思い立ち、途中でチェーン店のドラッグストアに立ち寄った。

やはり、スーパーよりこちらのほうが安そうだ。値段を頭に入れていると「あら、ひらりちゃんじゃない？」と背後から声がかけられた。

「――エリカさん、こんにちは」

そこには、カゴいっぱいにドリンク剤やゼリー飲料、スポーツドリンクやスープなどを入れたエリカ――本名、松島伊織がいた。

今日は店に出勤する支度前らしく、ジーンズにシャツ姿で、ウィッグもメイクもなしの男性らしい格好だ。

女装していないときのエリカは、とてつもない美貌の持ち主である聖鷹と並んでも引けを取らないくらいのイケメンだ。聖鷹が上品な俳優風なら、エリカはモデルかミュージシャンかといった風情で人目を引く。ただ、羨望を受けるその容貌から出てくるのが女言葉なので、街中では少々目立つ。

だが、彼は周囲の客から向けられる視線はまったく気にしていないようで、にっこりしながらこちらに近づいてきた。

「やっぱり。こんなところで会えるなんて嬉しいわ。今日はお買い物？」

朗らかでいつも明るい彼は接していて心地がいい。咲莉も笑顔になって答えた。

「はい。エリカさんも買い出しですか？」

「そうなのよお。実はお店で働いてるスタッフが何人か体調不良になっちゃって。他のスタッフも今日は忙しいから、あたしがこれから差し入れに行くところなのよ」

「それは大変ですね……」

明らかに一人分ではない大量の買い物の理由に納得した。

エリカは聖鷹の店から何本か裏手に入った通りで、女装した美しい男性たちが接客に当たる会員制の高級クラブを経営している。しかもグループ展開しているというから、かなり成功した実業家のようだ。

「大事にしてほしいのはやまやまなんだけど、実は今日はお得意様の貸し切り予約が入っているのよ。出られる子全員に出勤してもらう予定だったから本当に困っちゃうわ。バーテンダーと裏方も一人ずつ足りないのよ。もう当たれるところは当たり尽くしたし……」

エリカは困り顔で頬に片方の手を当てて、ため息を吐く。

当日に病欠のスタッフが複数いるとなれば、確かに人員確保は大変だろう。だが、残念ながら友達の少ない咲莉には、紹介できそうな人材は思い当たらない。

「ところでひらりちゃん、今日って手が空いていたりしないわよねえ？」

ちらりと縋るような目でエリカに見られて「え、えっと……」と咲莉は一瞬口籠もった。

「ああ、ごめんなさい。いいのよ、もちろん無理だってわかってるわ。それに、ひらりちゃんにうちの店の手伝いをお願いしたら、キヨに怒られちゃうわよね」

断る前に悲しげな笑顔で引き下がる彼に、咲莉は悩んだ。

（どうしよう……）

咲莉は今日、幸か不幸か、講義もバイトもない。

つまり、改稿以外、特に予定はない。

エリカは、以前聖鷹が命を狙われる事件が起きたときに、一緒になって対策を考えてくれた。偽りの婚約パーティーを開くときの手配も、快く全面的に引き受けてくれて、かなり世話になった。

彼はいつも、時間の空いたときには後輩を引き連れて喫茶店にやってきて、さくっと食べて長居せずに店をあとにする。聖鷹はなぜか古くからの友人であるエリカにつっけんどんな態度をとることが多いけれど、クイーン・ジェーンにとって常連客であり、かなりのお得意様なのだ。

（女装クラブだから、接客はさすがに無理だけど……）

悩んだ末に、咲莉は「あの」と切り出した。

「俺、飲食店てクイーン・ジェーンとファミレスしか働いたことないんですけど……雑用くらいならお手伝いできるかもしれません」

思い切って言ってみると、エリカは目を丸くした。

「え……本当に？　もちろん、全部教えるし、難しいことは何もないわ。ピークの二時間くらい、手を貸してくれたらありがたいんだけど……でも、キヨは許してくれるかしら？」

聖鷹は今日は留守にしていて、帰りも遅い予定だと伝える。

「日付が変わる前には帰りたいです。あっ、それと、いったん買い物して帰って、ミエルにごはんをあげてからでよければになりますけど」

慌ててそう付け加えると、エリカはみるみる目を輝かせた。

「もちろん、それでいいわ。ああ、ありがとうひらりちゃん!!　本当に助かる、恩に着るわ!!」

涙目になりながらぎゅっと手を握られて、ぶんぶんと振られる。

どうやら本当に困っていたらしい。

こんなに喜んでもらえるなんて、言ってみてよかった。エリカと今後のことを話しながら、これで、少しでも彼への恩返しができればと咲莉は思っていた。

急いで近場のスーパーで買い物をして、最低限必要な食材だけを買い足す。咲莉は荷物を抱えていったん聖鷹のマンションに戻った。

迎えに出てきてくれたミエルと少し遊び、「ちょっと早めだけど」と言って、夕食用のパウチの中身を皿に盛る。ミエルが食欲旺盛に食べるのを眺めながら、自分も軽く夕飯をとった。

食べ終えて片付けていると、先ほど連絡先を交換したばかりのエリカからメッセージが届いた。

『もうすぐ下に着くわ。急がなくていいから、支度ができたら下りてきてもらえる？』

（そうだ、聖鷹さんに出かけること伝えておかなくちゃ……）

だが、スマホにメッセージを送ると、電話がかかってきて、どこで何をするのかと問いただされてしまうかもしれない。

悩んでいる間はなく、ともかく書き置きをしようと決めた。

部屋を出ると、日が傾きかけた外は冷え込み始めていた。ダッフルコートの前をかき合わせながらエレベーターを降りて、エントランス前に立っていた人物に急いで駆け寄る。

「――すみません、お待たせしました！」

待っていたのは、先ほどのイケメンなエリカではなかった。

彼はすでに完璧に変身していて、赤いワンピースの上に黒のコートを着込み、ロングヘアのウィッグにメイクもばっちりの女装姿だ。女優みたいな容貌が人目を引く華やかさで、そばに寄っただけでふわりといい香りがした。

「ごめんなさいね、ちょっと早すぎたかしら？」

首を傾げてすまなそうに言われ、慌てて咲莉は首を横に振った。

「いえ、ミエルにもごはんあげてきましたし、大丈夫です」

「そう、よかった。ひらりちゃんはうちに来てもらうの初めてだから、少し余裕を持って支度したほうがいいかもと思って」

咲莉の手まで借りたいくらいだから、今日は相当忙しいのだろう。それなのにオーナーの彼自ら手伝いの咲莉にまで気を使ってくれてありがたい。なるべく手間をかけさせないように頑張らなくてはと自分に言い聞かせる。

大通り沿いにタクシーを待たせていると言う彼についていく。

「ね、今日のこと、キヨには伏せておいたほうがいいのよね？」

「そうですね、できれば」

聖鷹にエリカの店の手伝いをしたことがわかったら、あまりいい顔はされないはずだ。いや、いい顔どころか、もし事前に知られたら、確実に止められるだろう。

実は――少し前に、執筆の参考にするためにエリカの店に行ってみたい、と咲莉が伝えたとき、聖鷹からは『ぜったいに駄目』という答えが返ってきていた。

咲莉には、自分の小説に深みが足りないのは、大学とバイト先を行き来するばかりで、人生経験が足りないからではないか、という悩みがあった。

一人でクラブに行く勇気はないけれど、知り合いの店なら安心できる。せっかくエリカが何度も誘ってくれているのだから、この機会に一度見学しに行ってみたい。

聖鷹はたまにだが付き合いでエリカの店に顔を出し、ボトルも入れている。彼に一緒に行ってもらえれば安心だと思ったのだ。しかし、咲莉がおずおずと頼むと、彼は断固拒否で『どうしても行きたいなら、その日は貸し切りにする。それならいいよ』と言い出すのに仰天した。

――小一時間、客として店の雰囲気を味わえたらそれでじゅうぶんなのに、いったいいくら使うつもりなのか。

そもそも、咲莉は接客されたいわけではないから、客がいない店に行っても意味がない。結局、二人の間で折り合いがつかず、咲莉自身も彼と揉めてまで行くほど強い願いではなかったので、その話は、そこで終わりになっていた。

だが、今日の手伝いは、執筆の参考にもでき、しかもエリカへの恩返しにもなるという一石二鳥だ。聖鷹も、客として行くわけではなく、裏方バイトとして働くならなんとか許してくれるかもしれない。

「遅くなるって言ってたけど、今晩キヨは何時頃に帰ってくるのかしら」

時折、持ち会社や物件の関係だと言って昼や夜に出かけていくことはあるのだが、咲莉が部屋にいるときに、聖鷹の帰りが日付を越えるようなことは一度もなかった。

「はっきりとはわからなくて……でも、たぶん十二時前には帰ってくると思います」

先に聖鷹が帰ったときのために、『友達の助っ人バイトを頼まれたので、ちょっと出かけてきます』という書き置きをしてきたことを伝える。

それを聞くと、エリカはにっこりした。

「そう、じゃあキヨが帰る前には帰宅できるようにするわ。うちの店の営業時間は十九時からなんだけど、今夜はたぶん二十時くらいまでにはお客様が到着して、だいたい二時間くらいがピークの時間帯なの。ひらりちゃんにはそれまでいてもらえたらありがたいわ」

話をしているうち、混雑した大通りを通ったタクシーは、とあるビルの前に着いた。

夕暮れの中、エリカについて咲莉は車を降りる。目の前にあるのは一階が美容室のビルで、どう見ても水商売の店ではなさそうだ。

「あの……、ここですか？」

「そうよ。ああ、うちの店に行く前に、まずは支度しなくちゃ」

支度？と咲莉は首を傾げる。裏方なら制服を着る程度でいいはずだ。だが、訊ねる前に、さあさあ、と背中を押されて、わけがわからないまま中に入る。

「あら、ひらりちゃんじゃなーい！」

美容室の座席の一つからやや低い声が聞こえてきて驚いた。

見ると、いつもエリカと一緒に珈琲を飲みに来る、彼の店で働くアヤメが美容師に髪をセットしてもらっているところだった。人気の店らしく、他の席もすべて客で埋まっている。

「もしかして、今日はひらりちゃんも来るの？」

目を輝かせたアヤメの問いかけに、「ええ、今日限りの助っ人よ。助けてあげてね」とエリカが満面に笑みを浮かべて答える。

咲莉は青ざめた。どう考えても、裏方の雑用係がこんなところに来る必要はない――来るとしたら、それは。

（ま、まさか、これって……）

「え、エリカさん、あの、お、俺、女装して働くのは、ちょっと」

慌てて言おうとしたが、咲莉の手を握って、エリカはずんずんと奥の部屋まで連れていく。

「さあ、もうあんまり時間がないわ」

ふいに真面目な顔で言われて、ハッとなった。

そうだ、彼は人手が足りなくて、咲莉が引き受けたときは涙ぐむほど困っていたのだ。

そう気づくと、今更断りの言葉など言えなくなった。

「ここの美容スタッフたち、元々は芸能人御用達の店で働いてて、すごく腕がいいから安心して任せてね」

ノックをしてから、エリカが奥の部屋の扉を開ける。中に入ると、壁側にずらりと華やかな色合いのドレスのような衣装が並んでいるのが見えた。

「松島様！　お待ちしておりました」

馴染みらしいスタッフの女性二人が駆け寄ってきて、にこやかに迎え入れてくれる。二人ともくらくらするほどいい香りがして、とんでもないほどの美人だ。

「こんにちは、今日お願いしたいのはこの子よ。お店に出るのは初めてなの」

「まあ、それは腕が鳴りますね！」

女性たちはプロ意識が高いようで、明らかな普段着姿で冴えない男の咲莉を押し出されても顔色一つ変えない。

「スタイルはいかがされますか？」

「雰囲気は、この子のいいところを生かした可愛らしい清楚系がいいわ。ヘアメイクからドレスまでフルセットでお願い。お任せするから、全身磨き上げて、思い切り変身させちゃってちょうだい」

（へ、変身!?）

エリカの依頼内容を聞いて、咲莉の頭から血の気が引いた。何をどうされたところで、自分のような平凡で目立たない人間が、彼の店で働けるほど華やかに変身できるとはとても思えない。

「え、エリカさん、やっぱり俺……」

駄目元で縋るように言おうとすると、さっと二人のスタッフに両腕を取られた。

「かしこまりました。さ、じゃあまずドレス選びから始めましょう」

二人に促されて、咲莉はやむなく衣装部屋に足を踏み入れる。

「ひらりちゃん。店の準備があるから付き添えなくてごめんなさいね、一時間後に迎えに来るから！」

少しだけ申し訳なさそうなエリカの声が聞こえてきて、背後で扉が閉まった。


「さ、ここよ」

迎えに来たエリカに連れられた咲莉は、かちこちになってどうにか歩く。目的地は、美容室から一本裏手に入ったビルの五階だ。

エレベーターを降りると、『ＣＬＵＢ　カーディナル・ローズ』という、磨き上げられた銅色の店名パネルが出迎えた。

店内は思ったより広くて、カウンター席とソファ席を合わせて、二十人は入れるくらい座席がある。壁際に半個室が二部屋あるというから、この一等地の立地で、賃貸料はかなりのものだろう。

天井ではゴージャスなシャンデリアが煌めき、壁の半分ほどは磨き上げられた鏡だ。重厚で上品な雰囲気の内装で纏められた高級感溢れる店内には、控えめな音量でジャズが流れている。ペットボトルの水やメニューがセットされたガラスのテーブルがあり、ベルベット張りのソファは座り心地がよさそうだ。

エリカについて、咲莉はおそるおそる店の中へと進む。

すぐそばの席で黒服と話をしていたアヤメが振り返って、驚いた様子で目を剥いた。

「あらあ！　えっ、エリカママ、まさかこれがひらりちゃんなの⁉」

「そうよ。いい感じでしょう？」

答えるエリカはなぜか自慢げだ。

「ひらりちゃん？」とクイーン・ジェーンに来たことのある顔見知りのエミリに呼ばれて、慌ててぺこりと会釈すると、彼女は呆然とした。

「ええっ、何、やだ、可愛すぎるじゃない⁉」

彼女たちの声で、女装のホステスたちも黒服も皆集まってきてしまう。身の置き所がなくて咲莉はうつむいた。

一時間かけて、プロのスタッフ二人の手で徹底的に磨き上げられたあと、咲莉は鏡の中に映った自分の姿が信じられなかった。

黒髪ロングのウィッグをつけた髪は、毛先を緩くウエーブさせてハーフアップにしてある。メイクは、何をされているのかわからないくらいあれこれと塗られた。

だが、出来上がったら睫毛が長さを増してくるんとしているし、肌は人形みたいに艶々だ。ドレスは光沢のあるオレンジベージュのホルターネックを着せられていて、女性ものの下着の中に分厚いパッドを入られたおかげで、胸が膨らんでいるように見える。ネックレスとパンプスも、ドレスと同じ色だ。

鏡の中にいたのは、パッと見ただけで目を奪われるような可憐な雰囲気の女性だ。

もはや、普段の目立たない男子大学生の咲莉とは完全に別人である。あのスタッフたちは腕がすごすぎる。これなら、たとえ知り合いに会ったとしても、まず自分だとはわからないだろう。

「可愛い子だし、肌も綺麗だとは思っていたけど、まさかここまで化けるとはねえ」

感嘆するように言うエリカに、「ね、源氏名はどうするの？」とアヤメがわくわくした顔で訊ねる。

「そうね、源氏名は……」

エリカは綺麗にネイルをした爪を口元に当てて、咲莉を見据えた。

「――みう。ひらりちゃんから想像して、美しい羽と書いて、『美羽』ちゃんにしましょう！」

本名がかなりのキラキラネームなので、正直どんな名前でも咲莉に文句はない。美羽なら、むしろ普通の範疇だ。

わかりました、と咲莉は力なく頷く。

ふと思い出したように、エリカは「あ、うちの時給はこれね。準備の時間から計算して出して、単発のひらりちゃんには日払いするから」と言い出した。

「えっ、こんなに!?」

咲莉の手を取った彼が、掌にそっと書いたのは、ぎょっとするような高額な数字だった。

「で、でも俺、お酒もほとんど飲めませんし、こんなにもらえるほど仕事できるか……」

「飲まなくて大丈夫。口をつけるフリだけしてくれれば。あと、それは最低賃金で、初回の子も皆そこまでは出してるのよ」

「えっ!?」

夜の仕事が、まさかこれほどもらえる職業なのだとは知らなかった。咲莉が呆然としていると、エリカはふふっと笑って耳元で囁いた。

「今回はヘルプ扱いだけど、もし今後お客様から指名が入ったら、歩合がついてもーっと増えるわよ。うちで働きながら学費を稼いで大学卒業した子もいるし、もし興味が湧いたら、いつでも本採用するから」

片方の目をぱちんと瞑ってから、エリカはスタッフに向けて言った。

「みんな、この子は今日ヘルプで入ってくれる美羽ちゃんよ。二十一歳の現役大学生で、あたしの大切なお友達なの。接客経験はあってとっても気の利く子だけれど、夜のお仕事は初めてだから、困ったことがあったら皆で気を配ってあげてちょうだいね」

はーい、と全員から声が上がる。

「それから、今日は本山様の政治家生活四十周年パーティーの打ち上げです。毎度、最高級のお酒をボトルで頼んでくださるいいお客様ですからね。ご本人は無茶を言わない穏やかな方だから、丁重な接客をお願いします。そうそう、秘書官のうち、本山様の息子の孝久さんがいたら、悪酔いするかもしれないからエミリに任せるわ。ぜったいに息子だけはひらり……じゃなくて、美羽ちゃんには近づけないで」

美羽ちゃんもエミリがついた席には近寄らないように気をつけてね、と忠告されて慌てて頷く。

開店時間が近づいてきて、にわかに店内が慌ただしくなる。緊張しつつ、咲莉はアヤメからざっと接客のいろはを教え込まれた。

「お酒は黒服かあたしが作るから、美羽ちゃんは、タバコの火をつけたり、灰皿を差し出したり。必要ならおしぼりを交換したりとか、そういうことに気を配ってくれる？　基本は、にこにこして興味深げにお話を聞くことと、使うのは接客の『さしすせそ』よ！」

「さ、さしすせそ、ですか？」

必死でメモを取りながら思わず首を傾げると、顔の前に指を立てたアヤメが、真面目な顔で教えてくれる。

「『さすがですね』『知りませんでした』『すごいですね』『センスがいいですね』『そうなんですか』よ！　これでだいたいのことは乗り切れるわ。あとは、困ったことがあったら常にあの辺りに黒服が立ってるから、目配せすれば来てくれるからね。今日のお客さんはエリカママのお得意様だから、ともかくご機嫌を損ねずに、楽しい時間を過ごしてもらえるように頑張りましょう」

ぽんとアヤメに背中を叩かれる。咲莉は緊張の面持ちで頷いた。


上得意のご一行が店に着いたのは、エリカの言う通り二十時を少し過ぎた頃だった。

「いらっしゃいませ、本山様！　お越しをお待ちしておりました」

ゴージャスなドレスに身を包んだ女装ホステスたちが、勢揃いして店の前で出迎える。

咲莉もどきどきしながら一番端に並んだ。

「邪魔するよ、エリカ。ああ、この店に来ると帰ってきたという気分になるね」

穏やかな笑顔の本山は、ロマンスグレーの髪が品良く見える七十代くらいの男性だ。政権党内でも要職についている重鎮だそうで、確かに咲莉もどこかで顔を見た覚えがあった。

意外にも、本山に同行しているスーツ姿の男たちは五人と少ない。エリカがかき集めたホステスは咲莉も含めて八人なので、余裕を持って接客に当たれそうだ。

「よかった、今日はドラ息子はついてきてないみたい」と店に入りがてら安心した顔でアヤメがひそひそと囁いて、咲莉もホッとした。

ちらりと見ると、店の前には、本山についてきたうちでも体格のいい男が二人残っている。この分だと、ビルの入り口にも誰か立っているのかもしれない。

警護のための警察関係者なのか個人的なセキュリティーサービスなのかはわからないけれど、これだけ警戒しているという事実だけでも、本山の世間での地位の高さが伝わってくる。咲莉はごくりとつばを飲み込んで、改めて気を引き締めた。

(失敗しないようにしなきゃ……)

店の奥の一番広いソファ席に腰を落ち着けると、本山はお気に入りのエリカをそばに置いて飲み始めた。「みんな、今日は好きなものを注文していいそうよ」とエリカがにこやかに声を上げる。女の子たちが歓声を上げて、咲莉も一緒に手を叩いた。

男たちの中から、六十代くらいの二人が本山と同じテーブルにつく。彼らの馴染みらしきホステスが二人、それぞれに付き添った。

「皆さんはこちらにどうぞ」

アヤメが残った一行の中でも若手の男たち三人を、それぞれソファに案内する。ホステスがちょうど客と一対一でつける計算だ。

予定通り、アヤメの隣の席についた咲莉は、自分が担当する相手がまだ三十代前半くらいで、思いのほか若いことに驚いた。銀ぶちの眼鏡をかけた長身の男は整った顔立ちをしている。かちっとした雰囲気のシンプルなスーツを身に纏い、髪をきちんと撫でつけた彼は、なぜか目が合ってもにこりともしない。

「結城(ゆうき)様、こちらは美羽ちゃんです。今日が初めての新人さんなんですよ。どうぞお手柔らかに」

アヤメは咲莉の担当の客と顔見知りのようで、にこやかに紹介してくれる。

「は、初めまして、美羽です。どうぞよろしくお願いいたします」と慌てて咲莉もぺこりと頭を下げる。

しかし、結城のほうは興味なさそうに、どうも、と言うだけだ。

「カウンターで飲みたいんだけど」と彼に言われてぎょっとしたが、答える前に、すでに結城は席を立ち、背を向けて移動してしまっている。

(ど、どうしよう……？)

おろおろしてアヤメを見ると、彼女の担当する客が「あー、結城は今日やばいよ」と言い出した。なんでも、結城は今日のパーティーで下準備全般を任されていた。だが、業者とのやりとりに行き違いがあり、駆けずり回ってかなり大変な思いをしたらしい。

「美羽ちゃん、悪いけど慰めてやってよ」

冗談ぽい口調でその客から言われて、「頑張ってみます」と咲莉はぎこちない笑顔を作る。アヤメが心配そうに見ているのに頷いてみせ、ともかく仕事をせねばと、結城のいるカウンターに向かった。

カウンターの中では、バーテンダーがせっせとフルーツ盛り合わせの皿を作っている。その前の席に座った結城は、すでに注文したらしい水割りをあおっていた。

(……俺が今日限りの助っ人でも、お客さんには関係ないんだから……)

先ほど急ごしらえでアヤメに叩き込まれたことを思い出しながら、咲莉は結城の隣に座った。黒服に渡された熱いおしぼりを渡し、おつまみの注文を勧める。機嫌が悪いのだと覚悟していたけれど、結城は咲莉からすんなりおしぼりを受け取ってくれた。それから、勧められるがまま、生ハムとチーズの盛り合わせを頼む。しかも、ちゃんと咲莉が食べたいものも訊ねて、一緒に注文してくれた。意外なほど普通の対応をしてくれる、いい客だ。

何か話さねばと、咲莉は必死で考えを巡らせた。

「あの……結城様は、本山様の秘書をお務めになっていらっしゃるんですよね」

「そんなとこ。まあ雑用係みたいなもんだよ」

そっけなく言って、彼はまたグラスをあおる。

(せっかくアヤメさんに教えてもらったけど、『さしすせそ』が使えない……！)

運ばれてきた酒に口だけつけながら、咲莉は内心で冷や汗をかいていた。

結城のグラスが空になったのを見て、慎重な手つきでお代わりを作った。あまり濃くしないほうがいいような気がして、注文よりもなるべく薄めに作る。それを受け取って飲むと、結城は不思議そうな顔をしたが、特に何も言うことはなかった。

必死で会話の糸口を探したけれど、盛り上がるような雑談はさっぱり思いつかない。悩んだ末に、思い切って切り出した。

「結城様は、今日はとても大変な一日で、お疲れだと伺いました。私でよかったら愚痴でもなんでも聞きますので、どうぞお好きなだけ、ここで吐き出していってください」

そう言うと、ふいに彼がこちらに顔を向け、カウンターテーブルに肘を突く。

まじまじと隣にいる咲莉を見つめた。

「美羽ちゃんだっけ。やけに若く見えるけど、何歳なの？」

「二十一歳です」

「へえ、新人ってことは、これからここで本腰入れて働くってこと？」

「い、いえ、まだ、その、迷っているところで……」

一日限りの助っ人であることは伏せておくようにとアヤメから言われているので、曖昧にごまかす。すると、結城はなぜか余計に興味を持ってしまったらしい。

「これまでも水商売？」

「いえ、ここが初めてです」

じゃあ何をしていたのかと訊かれて、咲莉は困った。更にあれこれと矢継ぎ早に質問されて、大学に通っていること、今現役の三年生であること、その学部、一人暮らしであることなどを言わされてしまう。

「みんな一見綺麗な女の子に見えるけど、ここ女装クラブだろ？　美羽ちゃんは手術済みなの？」

「……結城様のご想像にお任せします」

一瞬答えに詰まったけれど、にっこりして咲莉は答えた。『必ず聞きたがる客がいるから』と、アヤメからその質問のかわし方を伝授されていたおかげだ。

「へえ……そう言われると、逆に知りたくなるな」

結城が口の端を上げ、ドレス越しの咲莉の膝を撫でてきた。腿をいやらしい手つきで撫で回されて、ヒッと思わず息を呑みそうになる。あらかじめアヤメからは、サービス料として、手と膝、背中くらいは触られるのは普通だから、覚悟しておくようにと言われている。だが、実際に触れられてみると、聖鷹に触られるのとはまったく違う。想像以上に嫌悪感があることに動揺した。

必死でどうにか笑みを崩さないようにしているうち、背後から声が聞こえてきた。

「結城様、美羽ちゃん気に入ってくださったんですね」

そばに寄ってきたアヤメが、バーテンダーから新しいアイスペールを受け取りながら微笑んでいる。

ちらりと見ると、奥の席で本山の隣にいるエリカも、心配そうにこちらに目を向けている。本山のテーブルは談笑する声が聞こえる程度で、和やかな雰囲気だ。

おそらく、咲莉が一人で接客する羽目に陥っていることに気づき、エリカがアヤメに様子を見るように指示してくれたのだろう。大丈夫だという意味で、咲莉はエリカにこくこくと頷いてみせた。

「美羽ちゃん可愛いし、話していると素直で癒やされるでしょう？　今日先輩としていろいろ説明させてもらったんだけれど、私も好きになっちゃったくらい」

「ああ、わかる。俺こういう店の子、普段はぜんぜん興味ないんだけど、美羽ちゃんは一目見たときから気になってた」

「あらあら、そんなに？」

アヤメが困ったように微笑む。お世辞だとしても、結城がそんなことを言うとは思わず、咲莉は目を丸くした。

「話すとどう考えても水商売の子じゃないし、だいたいホステスって皆濃い酒作ってボトル空けさせようとするのに、なんかうすーい水割り出してくるしさ」

からかうように言う結城に、顔が赤くなる。「すみません」と咲莉は身を縮めて謝った。

「いいよ。俺のペースが速そうだから気遣ってくれたんだろう？　でも、そういうこと水商売の子はしないんだよ、だから余計に気に入った」

結城が咲莉の肩に腕を回して引き寄せる。咲莉が身を硬くすると、アヤメが笑顔のまま、彼の手を軽くつついた。結城が「なんだよ、これくらいも駄目なのか？」と苦笑して腕を離してくれて、ホッとした。

「ええ、お店の女のコは眺めるか、手を握るまでですよ！　美羽ちゃんにおいたするとエリカママに本気で怒られますよ。ママの秘蔵っ子なんですからね」

結城に釘を刺すと、気遣うように咲莉に視線を向けて、アヤメが去っていく。

「美羽ちゃん、名刺持ってないの？　ああ、初日だからないか。ならさ、プライベートの連絡先でいいから教えてよ。俺常連になるから。これでも本山先生の一番若手の政務官だから、掴んどいたらこれから出世するよ」

「あ、あの、私」

咲莉がここで働くのが今日限りだと知らない結城は、まったく嬉しくもない言葉を告げて身を寄せてくる。本当は喜ぶべきなのだろうが、次に来てもらっても『美羽』が出勤することはないのだ。さすがにそうも言えずに咲莉が困り果てていると、黒服が先ほど注文したつまみを運んできた。

フルーツの盛り合わせは綺麗に飾り切りされていて、ずいぶんと豪華だ。細長く切ったメロンにフォークを刺した結城が、「ん」とそれを咲莉の口元に差し出してきた。

断るわけにもいかず、おそるおそる口を開けて少し齧る。もぐもぐしていると、残りを結城が食べているのを見て目を剥きそうになった。

(この人、もう完全に酔ってるんだ……!!)

よく見れば、眼鏡越しの彼の目元はうっすらと赤い。さっき咲莉が作った薄い水割りも飲み干しているし、おそらく、疲れているところに一気に酒を入れすぎたのだろう。

水商売の接客は、想像していた以上に大変だった。結城は悪い人ではないようだけれど、なんだか怖いし、触られるのは気持ちが悪い。もう帰りたくてたまらなくなったが、これはエリカへの恩返しで、誤解だったとはいえ、自分自身が引き受けた仕事なのだ。

必死にそう言い聞かせて、少しでも早く酔いがさめるよう、次のお代わりは激薄で作ろうと、酒瓶に手を伸ばす。「手はいいって言ってたよな」と独り言のように言いながら、結城がその手を握ってきた。いやらしく手を揉まれながら、酔った彼に顔を近づけられて、ゾッとする。

「ね、今日ってアフター行ける?」

「えっ!?」

「近場で美味しい店知ってるんだけど、食事して帰ろう。大丈夫、帰りはちゃんと家まで送っていくから」

アフターというのは店を出たあとに客に同伴することだとアヤメから聞いている。もちろん、咲莉が行けるわけはない。本山の打ち上げは二十二時くらいまでと聞いているし、終わったらすぐさま聖鷹のマンションに帰らなくてはならないからだ。

「結城様、すみません、私、アフターは、ちょっと……」

あたふたしながら断ろうとすると「いいじゃん、チップ弾むから行こう」とせがまれる。

困り果てていたそのときだ。

「あら、桜小路様よ！」

「まあ、ご無沙汰じゃないですか、いらっしゃいませ！」

背後から、嬉しそうなホステスたちの声が聞こえてきた。ハッとして咲莉が振り向くと、ちょうど店内に入ってきた長身の男の姿が目に入った。

店内の抑えた照明に照らされた髪は、艶やかな茶色だ。胸元に淡い色のポケットチーフを入れた品のいいダークスーツが、すらりとした体にフィットしている。

頬を染めたホステスに案内されてきた彼が、ふとこちらに目を向ける。

輝くように整った際立った容姿の男と目が合いそうになって、一気に血の気が引く。

咲莉は急いで顔を隠すようにうつむいた。

（な、な、なんで、聖鷹さんがここに……!?）

貸し切りのはずの店に入ってきた容姿端麗な男は、朝マンションで見送ったばかりの、咲莉の恋人――聖鷹だったのだ。

「あれ、桜小路だ」

何げない様子で結城が言い、二重の意味で咲莉は心臓が止まりそうになった。

「高校が一緒だった奴なんだよ。めちゃくちゃ金持ちの家の息子でさ」

「……そうなんですか」とうつむいたまま、咲莉はぎこちない笑みを作る。

「あいつ、どこかに留学したんじゃなかったっけ。帰ってきたんだな」

この店は、彼の幼馴染みで友人でもあるエリカがオーナーだ。現在はすべて返済済みだというが、オープン時には聖鷹が資金を援助したこともあるらしい。時折付き合いで顔を見せ、応援の意味でボトルを入れていることは聞いていたから、聖鷹がやってきても少しもおかしくはない。

だが、まさか自分の担当した客が聖鷹と知り合いで、しかも貸し切りの今夜、ここで彼と鉢合わせするとは思ってもみなかったのだ。

彼は咲莉が水商売の店で働くどころか、客として見学をしに来ることすら渋っていた。

今日彼が来るのなら、咲莉だってぜったいに助っ人をＯＫしたりしなかったのに。

（み、見つかって、ないよね……？）

今日の咲莉は、プロの手でメイクを施されて、鏡を見ても我ながら自分だとは思えないほど激変している。一瞬目が合っただけだし、聖鷹だってまさかこの店で恋人が女装姿でホステスをしているだなんて想像もしないだろう。

「おい、美羽ちゃん、どうしたんだ？」

突然うつむいた咲莉の手を掴んだまま、結城が困惑したみたいに訊いてくる。客の手を振り払うわけにはいかない。結城に無礼のないように対応しながら、なんとか聖鷹が帰るまでの間、バレないようにやり過ごさなくてはならない。

咲莉が針の筵に座ったような気分でいると、ふいに結城が「久しぶりじゃないか。奇遇だな」と明るい声を出した。

「――ああ。今日は本山先生のお付きか？」

身を硬くしたまま、咲莉は心臓が竦み上がるのを感じた。

すぐそばから聞こえてきたのは、聞き慣れた聖鷹の声だったのだ。

「そう。お前は？」

「先生に祝いを届けに来ただけだから、すぐに帰るよ。それから……」

背後からスッと手が伸びてきて、咲莉の手を握っている結城の手をそっとどけさせる。

「悪いけど、この子は僕の専属だから」

思いがけない言葉に、咲莉は目を瞬かせた。

「ええっ!?　そんなこと聞いてないぞ。それに、美羽ちゃんが店に出るのは今日が初めてだって」

狼狽えたように言う結城の前で、咲莉の肩に手がかけられる。体ごと背後を向かされて、おずおずと目を上げると、まっすぐな聖鷹の目と視線がぶつかった。

いつも穏やかな表情を浮かべている彼の端正な顔に、今は笑みはない。

（聖鷹さん、俺だってわかってるし……怒ってる……）

完璧だと思えた女装も、彼には一瞬で咲莉だとバレてしまったようだ。真正面からじっと見つめられて、身の置き所がなくなった。

「帰ろう」という聖鷹の言葉に、咲莉はぎくしゃくと頷く。それを見て、結城が「なんだよ、ほんとに専属なのか？」と呆れたような声を出すのが聞こえた。

「この子は連れて帰るから、先に入り口に連れていってくれ。オーナーには僕から言っておくから」

背後にいた黒服にそう伝えると、聖鷹が「少しだけドアのところで待ってて」と咲莉に囁いた。有無を言わせぬ口調に反論の余地はない。

誰かの指示なのか、すぐに別のホステスがやってきて、「失礼しまーす」と明るい声を上げて、咲莉とは反対側にある結城の隣の席に座る。

さりげなくそのホステスに目配せされて、咲莉はハッとした。

「ゆ、結城様、申し訳ありません。失礼します」

結城にそっと声をかけると、咲莉は立ち上がった。

「えっ、おい、美羽ちゃん！」

慌てた様子の結城に引き留められそうになったが、ぺこりと頭を下げる。入り口へと促す黒服について、急いでその場をあとにした。

入り口に向かいながら、咲莉はちらりとフロアの奥に目を向ける。

本山の席に行った聖鷹が、何か祝いの品らしきものを渡している。

「――本山先生、このたびはおめでとうございます」

「おお、聖鷹くん！　来てくれたのか」

相好を崩した本山が立ち上がって嬉々としてそれを受け取り、熱心に聖鷹に何かを話しかけている。どうやら、彼らは旧知の間柄らしい。

本山の隣にいるエリカの笑みはやや強張って見える。当然だろう、彼としても、今夜この店に聖鷹がやってくることは予想外の事態だったはずなのだから。

黒服に付き添われた咲莉が、心もとない気持ちで店の入り口に立つ。

すぐに聖鷹が足早にやってきた。彼は入り口で自分のコートを受け取ると、ドレス姿の咲莉の肩にかける。

「下にタクシーを待たせてあるから」と言って、手を引かれたときだ。

「キヨ！」

紙袋を抱えて慌てて追いかけてきたのは、焦った顔のエリカだった。

「これ、ひらりちゃんの服と、それからメイク落としが入ってるわ。バイト代はあとで計算して、店に渡しに行くわね」

「あ、す、すみません」

咲莉が紙袋を受け取ろうとすると、聖鷹がずいと手を出して持ってくれた。エリカは身を縮めて、胸の前で手を合わせた。

「ごめんなさい、キヨ。でも、お願いだからひらりちゃんを怒らないで。あたしが無理に頼んだのよ」

「今は謝罪とか聞きたくない」

そっけなく言って、聖鷹は咲莉の手を引くと開いていたエレベーターに乗り込む。

助っ人のために来たはずなのに、結局、なんの役にも立てなかった。

申し訳なさでいっぱいになり、聖鷹に手を握られたまま、咲莉はぺこりと頭を下げる。

すまなそうな顔のエリカと黒服が頭を下げて見送る中、エレベーターの扉は閉まった。

（……まさか、この格好のまま帰ることになるなんて……）

タクシーに乗せられた咲莉は、運転手に顔を見られたくなくて、ひたすら項垂れていた。

聖鷹が着せてくれたコートでドレスは隠れているものの、化粧とウィッグはそのままだ。

タクシーがマンションに着くまで、聖鷹は無言のままだった。車を降りてからも、ぜったいに離さないとでもいうかのようにぎゅっと手を握られている。

ちゃんと事情を話したかったけれど、聖鷹がそれを受け入れない空気を醸し出しているので、何も言い出せない。

玄関ドアを開けると、待っていたらしいミエルが大あくびをして、とことこと迎えに出てきた。

「ミエル、ごめんよ。あとでおやつをあげるから」

愛猫にそう声をかけて軽く撫でると、聖鷹は咲莉の手を引いて、なぜかまっすぐに洗面所に入った。賢い彼の愛猫は、すぐに構ってもらえないと理解したらしく、廊下でころんと横になって毛づくろいを始める。

洗面所に咲莉を連れて入った彼が、ドアを閉める。洗面台はボウルが二つ並ぶ広々とした贅沢な作りで、奥にバスルームがある。

「え……わっ!?」

聖鷹は咲莉のウエストに手をかけて抱き上げると、ボウルの隣のスペースに座らせた。

鏡に背中が触れ、その冷たさに慌てて身を起こす。

ここは座るための場所ではない。戸惑っている咲莉の前で、ジャケットを脱いだ聖鷹が、手早くワイシャツの袖を捲り、ネクタイを無造作に肩にかけた。

「聖鷹さん……、ごめんなさい」

必死の思いで謝ったけれど、いつもすぐに笑ってくれる聖鷹は、無表情のままだ。

「謝らなくていいよ。どうせ松島が、人手が足りないって泣き落としでもして、咲莉くんは断れないようにされたんだろう？　わかってるから」

状況は、確かにその通りだ。だが、エリカが自分に女装ホステスをさせようとしているとわかってからも、逃げずに助っ人をすると決めたのは、咲莉自身の決断なのだ。

「頼まれましたけど、でも、無理強いされたわけじゃないんです」

「どんなに庇おうと、松島が咲莉くんをあの店で働かせただけで、あいつとの友情はもう決裂だから」

「そんな……」

咲莉は泣きたい気持ちになった。自分の行動が、エリカと聖鷹の長年の友情に決定的な亀裂を入れてしまうなんて。

いつも目を見て話す聖鷹は、今日は必要以上に咲莉のほうを見ようとしない。綺麗に変身させてもらった気がしていたが、咲莉の女装は彼にとって不快なものだったらしい。

「ほら、メイクを落とすから。そのあとシャワーを浴びて。話はそれからにしよう」

有無を言わせない口調で告げられて、悄然として頷くしかない。

エリカが持たせてくれたメイク落としは、オイルらしきボトルと、シートタイプのものと両方が入っていた。

聖鷹はシートタイプのほうを手に取ると、ウィッグを被った咲莉の前髪を分けて、そっと顔を拭いてくれる。

「あ、あの、俺、自分で……」

「やってあげるから、大人しくしていて」

目を閉じて、と言われて、仕方なく咲莉はされるがままになった。

口調はつっけんどんだけれど、聖鷹の手つきはいつもと変わらずに優しい。アイメイクを丁寧に拭き取られて、痛くないようにゆっくりそっと顔を拭かれる。こんなときであっても、少しも無茶をせず丁寧な手つきが彼らしくて切ない。

その途中で、膝の上に何かが触れた。おそるおそる目を開けると、肩にかけていた彼のネクタイの先が垂れている。

「咲莉くん、ごめん。今、手が濡れてるから自分で触れないんだ。邪魔になるからネクタイを僕の肩にかけてもらってもいい？」

慌てて咲莉はネクタイを掴むと、それを彼の肩にかけた。

それからしばらくして、聖鷹が「綺麗になったよ」と声をかけてきた。

咲莉は礼を言って、台の上から下りようとした。

「ジッパーを下ろしてあげるから、そのまま待ってて」と言って、彼は使ったクレンジングのシートを捨てて、手を洗っている。

確かに、ドレスのジッパーは背中側だから、自分では下ろせない。座ったままで大人しく待っているとき、ふと、聖鷹がやけに慣れた手つきでメイクを落としてくれたことに引っかかりを覚えた。

彼自身がメイクすることはなさそうなのに、なぜなんだろう、と。

「着替えは準備しておくから。シャワーが済んだら――」

いつもなら、そんなことはまずしないのに、思わず咲莉は彼の言葉を遮る。

「――聖鷹さん」

「何？」

タオルで手を拭いた聖鷹が、こちらを向いた。

「……これまで、誰かのメイクを落としてあげたこととか、あるんですか？」

その問いかけに、彼は目を丸くした。

今更ながら、この状況で訊くべきことではないと思った。けれど、どうしても気になったのだ。

「なんでそんなこと訊くの？」

「き、気になるんです……前の、彼女とかですか？」

そう言うと、聖鷹が咲莉の腿の両脇に手を突き、顔を近づけてきた。

「……咲莉くん、もしかして、お酒飲んだ？」

「いえ、グラスにちょっと口をつけただけで、飲んでないです」

何を飲んだか訊かれて、カルーアミルクだと答える。「それ、けっこう強いよ」と言われて、口籠もった。本当に舐める程度だったたし、口に入ったとしても、ほんの少しだ。

「やっぱり君、酔ってるみたいだ。咲莉くんはアルコールに弱いんだから、あんな場所でグラスに口をつけることもしちゃ駄目だよ」

呆れたように言われて、身を竦める。水を持ってくると言って彼が離れていこうとするのに、慌ててシャツを掴んだ。

「お、俺、酔ってません！　メイク落としたことあるか、答えてください」

頑固に追及すると、聖鷹が再び咲莉のほうを向く。

「――あるよ」

苦笑して返された答えに、なぜか咲莉は泣きそうになった。

くしゃっと顔をゆがめると、聖鷹が戸惑った顔になって目を覗き込んでくる。

「どうして？　泣くほど嫌なの？」

「な、泣いてないです。それに、俺、聖鷹さんの過去のことに文句言う権利とか、ないですし」

「言っていいよ」

意外な言葉に、咲莉は潤んだ目を瞬かせた。

おずおずと見返すと、聖鷹は先ほどまでの凍りついたような冷ややかな顔を脱ぎ捨てている。いつもみたいに、優しい目でまっすぐに見つめられて、胸の鼓動が大きくどきんと跳ねた。

「咲莉くんは僕の婚約者なんだから。知りたいことがあれば、なんでも訊いてくれていい」

もう一度、子供に言うように優しく、どうして嫌だったの？と訊ねられる。咲莉は迷いながらもたどたどしく答えた。

「わかりません……でも、聖鷹さんが、これまで、他の誰かにこんなふうにしたかと思ったら、胸がむかむかして、すごく嫌な気持ちになって……」

確かに、自分は少し酔っているのかもしれない。いつもだったら、たとえ不快に思ったとしても、ここまで正直に心の中を口に出すことはできない気がした。

ふいに聖鷹が「鞠子さんだよ」と言った。

え？と咲莉が目を瞬かせると、彼は少々気まずそうに続ける。

「だから、メイクを落としたことがあるのは、恋人とかじゃなくて、母。父が亡くなった頃、火事の件で警察は家に何度も来るし、葬儀や親戚たちの集まりでも財産のことで糾弾されたりで、鞠子さんは疲れ切ってて、自分でメイクを落とせなかったんだ。しかも、そのままで朝起きると余計に落ち込んでしまうから、姉と二人で母のメイク落としと着替えを手伝ってたんだよ。もう二十年以上も前の、子供の頃のことだけど」

そうだったのか……と咲莉は呆然とする。色恋沙汰などではなく、彼にとって大変なときの記憶だろう。

「す、すみません、俺……」

身を縮めて謝ると、聖鷹がふっと笑う気配がした。

顔を覗き込まれて、いつものように微笑む彼と目が合った。

「いいよ、気にしないで」

ウィッグの長い髪をゆっくりと撫でられる。

「僕が他の誰かのメイクを落としたことがあるのかと疑って、嫉妬して半泣きになる咲莉くん、可愛かった」

自分がまだ女装姿であることを思い出し、にわかに恥ずかしくなった。

「……最初に松島の店で見たときは、一瞬、誰かわからなかった。可愛い子だな、新入りかな、誰かに似てるような、と思ったくらいで、気づかなかったんだ。でも、咲莉くんがあんまり驚愕した顔をしてるから気になって、近くで見たら、君だってすぐにわかった」

そう言いながら、聖鷹は咲莉の手をそっと取る。

「……君が接客してた結城は、松島や僕と同じ高校の同級生なんだ。あまり親しかったわけじゃないけど、本山先生の下についたことは知ってた」

本山は、政治家になる前は弁護士で、聖鷹の亡き父の顧問弁護士の一人だったらしい。遺産相続の揉め事の際にあれこれと力になってくれた縁で、彼が議員になってからも桜小路財閥から後援会を通じて献金を続けているそうだ。

「本山先生は真面目な人だから、松島の店に来るのは話し相手を求めているだけだろう。でも、彼の下で働く結城のほうは、かなり遊び慣れてるはずだ」

聖鷹はいまいましげに言う。

「だから、咲莉くんがあいつに手を握られてるのを見たときは、頭に血が上りそうになった……さっきの咲莉くんの可愛い嫉妬とは比べものにならないくらい、はらわたが煮えくり返りそうになったよ」

彼は眉を顰めながら訊ねてきた。

「他に何かされたり、連絡先を訊かれたりしなかった？」

「ええと、連絡先はお伝えしてません。アフターには誘われましたけど、断ろうとしてたところで……」

「触られたりは？」

していません、と言おうとして、一瞬だけ、咲莉が言葉に詰まったのを聖鷹は見逃さなかった。うまくごまかせず、ドレス越しの腿を撫でられたり、肩を抱かれたりした程度だと伝える。

だが「他には？」と真剣な顔で更に追及されて、結局、咲莉が齧った果物の残りを結城が食べたことも打ち明けざるを得なくなった。

「結城の奴……」

聖鷹が美しい顔を顰めた。

他の座席では、ホステスが客につまみを食べさせているのも見た。だから、結城はあの場で常軌を逸した行為をしてきたわけではないはずだ。

「でも、間接キスだと思ったら、ちょっと気持ち悪くなっちゃって……お客さん相手にそんなこと思うなんて失礼なのに」

しかも、ちゃんとした挨拶もせず店を出てきてしまった。結城はきっと不快感を覚えただろう。店の役に立つどころか、フォローしてくれた他のホステスたちにも世話をかけただけだ。

「エリカさんには、去年の事件のときにずいぶんお世話になったから、恩返ししたかったんですけど」

「松島への礼はじゅうぶんすぎるくらい僕がしておいたし、咲莉くんが気にする必要なんてないんだよ」

聖鷹が困ったように言う。でも、ともごもごと口の中で言ってから、咲莉は小さく息を吐いた。

「……俺、水商売には向いてないみたいです」

難しい顔をしていた聖鷹がふっと表情を緩めた。

「結城との間接キス、嫌だったんだ？」

咲莉は悄然としたまま頷く。

顎を掬い上げるように指で持ち上げられて、顔を近づけてきた彼が唇を重ねてきた。

ちゅっと軽く吸って、聖鷹は唇を離す。

「……嫌だった？」と訊ねられて、ぶるぶると首を横に振った。

すると、また彼が唇を軽く触れさせる。何度も擦り合わされて、いつの間にか咲莉は聖鷹のしっかりした肩に手をかけ、必死で縋りながら彼のキスに応えていた。

「もうやめる？　それとも……もっとする？」

甘やかす声で囁きながら、聖鷹が咲莉の耳元に口付ける。くすぐったさに混じった心地いい触れ合いに、ぞくぞくとした疼きが咲莉の背筋を駆け上がった。

「……もっと、してください」

羞恥をこらえて、たまらずにねだる。すぐに聖鷹は応えてくれた。今度は顎を掴まれて、優しく口を開けさせられる。入り込んできた熱い舌が咲莉の舌を擦る。搦め捕って吸われると、恥ずかしいくらいにじんと腰が熱くなった。

彼にされるなら、どれだけ激しいキスでも少しも嫌じゃなかった。むしろ、気持ちがいいばかりで、呼吸の合間に喉からは甘い喘ぎが零れてしまう。大きな手でうなじや肩を撫でられながら、熱っぽく唇を貪られて、全身に熱が灯る。大好きな彼との深い口付けに、咲莉はうまく息もつけないまま溺れた。

咲莉を抱き締めると、聖鷹がぼやくように言った。

「あー……、咲莉くんがあんまり可愛いから、今夜のイライラも全部どこかに行ってしまった」

ゆっくりと身を離した彼が、改めてまじまじと咲莉の格好を見る。

「松島が手配したことかと思うと悔しいけど、よく似合ってる。結城が連絡先を訊いたり、アフターに誘おうとした気持ちもわかるよ」

聖鷹がこちらを見てくれなかったのは、咲莉を変身させたエリカへの苛立ちのせいだったようだ。もう化粧を落としてしまったので素顔なのが恥ずかしいけれど、彼に褒めてもらえたことは素直に嬉しかった。

「もうぜったいにあの店で助っ人はしないでほしい」と頼まれて、真面目な顔で頷く。

そのときふと、咲莉の中に不安がよぎった。黒服に指示をしたりと、聖鷹は明らかに夜の店に慣れているようだった。

「あのう……聖鷹さんは、エリカさんのところ以外でも、夜のお店に遊びに行ったりすること、あるんですか……？」

もじもじしながら訊ねると、彼は一瞬ぽかんとした顔になった。

「僕はああいう店にはほとんど行かないよ。今回みたいに、挨拶のために行ったり、一杯だけ付き合うことはあるけど、それもほんのたまにだ。あまり外で飲みたいと思わないから」

ホッとした咲莉を見て、聖鷹が少し困ったみたいに顔を寄せてきた。

「咲莉くん、僕がホステスが接客につくような店に行きたがると思ったの？」

また嫉妬じみたことを口にしてしまった自分が恥ずかしくなる。

「い、いえ、夜、あんまり出かけないのは知ってるんですけど、でも……自分がお店で経験してみると、聖鷹さんが行くのはちょっといやだなって……」

そう、と呟いて、聖鷹が何か考えるような顔になった。

少しの間のあと、彼が独り言のように言った。

「咲莉くんは……もしかすると、僕の気持ち、あんまりわかってないのかもしれない」

「え？」

どういう意味だろうと思っていると、聖鷹が小さく息を吐いて、髪をかき上げる。

「……正直なところ、僕はあまり、女性にむらっときたことがない」

「……そうなんですか」

思いがけない話だった。咲莉を好きになってくれたこともあるし、つまり、聖鷹はゲイということなのだろうか。

咲莉が頭の中で真剣に考えていると、聖鷹が「ああ、違うよ」と急いで言った。

「かといって、男という性別限定なら興味があるというわけでもないんだ」

とっさに意味が呑み込めなくて、咲莉は目を瞬かせる。それでは、聖鷹は男にも女にも興味がない、ということになってしまう。

咲莉の背後にある鏡に手を突いて、彼が顔を寄せてきた。

綺麗すぎる顔が間近に迫ってきて、小さく息を呑む。

「つまり……興味があるのは、咲莉くんだけだ」

薄い色をした彼の目に顔を覗き込まれて、咲莉の心臓が強く鼓動を打ち始めた。

「これまで、僕がこんなに心を惹かれたのは、君が初めてなんだよ」

頬に熱い吐息が触れる。

激しい鼓動を感じながら、咲莉は目の前の恋人をじっと見つめた。

「咲莉くんを好きになってから、心の中がもうめちゃくちゃだ。これまで、いろいろ悩んで、心理学を学んで、人の気持ちを思ったように動かす方法も知り尽くしているはずなのに、君の前でだけはうまく立ち回ることができない」

悩ましげにため息を吐きながら彼は言う。

「もっと好きになってほしいのに、守りたくて必要以上に束縛したり、うまく嫉妬を抑え込めなくて、……君の気持ちが冷めるようなことばかりしてしまうよ」

「さ、冷めないです」

ぶら下がった聖鷹のネクタイを掴むと、急いで咲莉は言う。

聖鷹は、攫われたミエルが戻ってきたあと、結局、沙耶を訴えなかった。詫びの手紙を送ってきた原田夫人には、お見舞いとミエルの写真を届けさせたりもしていたのだ。雇用関係にある皆川のことも、家族同然に気にかけているし、咲莉のこともこれ以上はないくらい大事にしてくれる。

いいところしか思いつかないほどで、咲莉の気持ちが冷めるなんてあり得ない。

「聖鷹さんは、俺がこれまで会った中で、一番素晴らしい人だと思います」

褒め称えたかったけれど、うまく言葉が出てこなかった。聖鷹は困り顔で笑う。

「人として褒めてくれるのは嬉しいけど、僕は咲莉くんに恋愛感情として求めてもらいたいよ」

咲莉の両頬を手で包み、何度も甘いキスを繰り返しながら、聖鷹がどこか焦れたように言う。

「もっと、もっと僕に溺れてほしい。僕がいないと、生きていけないくらい……」

聖鷹は何を焦っているのだろう。

——もう、これ以上好きになりようがないくらい、大好きなのに。

ほんの少しだけ回った酒の余韻でか、普段はなかなか言えない言葉がぽろりと口から零れた。

ほんと？と彼に訊ねられて、咲莉はこくこくと頷く。

嬉しげに頬を緩めた彼に深く口付けられて、うっとりと身を委ねた。

＊

翌朝、マンションのダイニングテーブルで咲莉は聖鷹と一緒に朝食をとった。

昨夜のごたごたの詫び代わりに咲莉が作り、具だくさんの味噌汁に卵焼きをこしらえた。

「今日は店を開けるのは午後からにして、皆川の入院先に行ってくるよ」

食器を片付けると、聖鷹がそう言い出す。足元で甘えてくるミエルを撫でて、朝の日課であるブラッシングをしようとしていた咲莉は顔を上げた。

「あ、じゃあ、俺も一緒に行きたいです！」

先ほどメールが届いて、ちょうど午前中の講義が一つ休講になった。今日は午後からの一コマに出ればいいだけだと伝えると、「じゃあ一緒に行こうか」と聖鷹が頷いた。


「……昨日はまだ痛みがあるみたいで、僕も本人とはあまり話せなかったんだよね」

タクシーで病院に向かう途中、聖鷹が皆川の状況を教えてくれた。

咲莉も気になっていたが、昨夜はばたばたしていて話を聞けていなかった。

「そもそもは虫垂炎だったんだけど、炎症が起きてから長く我慢しすぎたせいで、腹膜炎を起こしたらしい」

腹膜炎は、重度になるとかなり痛みがあるという。しかも、放っておけば、多臓器不全が進行して命に関わることもあるそうだ。それなのに、皆川は救急車も呼ばず、自力で近場の病院に足を運んだ。一度目は胃腸炎と診断されたが、悪化するばかりで、二度目の来院でようやく病状が判明したらしい。

「状況から考えて、どうもすでにかなりの痛みがあったのに、僕が頼んでいた銀行での取引を優先しようとして、病院行きを後回しにしたみたいなんだよね。一言言ってくれたら自分でも行けるからぜんぜん構わなかったのに……まったく我慢強いにもほどがあるよ」

ぼやきながら、聖鷹は心配顔だ。

彼は、バイトの咲莉が大学の都合で突然の予定変更があるときにも快く応じてくれる。長年仕えてきた皆川にも、体調不良を申し出ればぜったいに嫌な顔などしないはずだ。

それでも、体調より自身の職務を優先してしまうなんて。

(皆川さんは真面目すぎるんじゃないかなあ……)

咲莉も遅刻や欠勤はしないように心がけているけれど、そこまで職務に命をかけることはできないと思う。いつもきっちりとした服装をして礼儀正しい彼の、見た目だけではない生真面目さに内心で感嘆してしまった。

「手術はしなくて大丈夫そうなんですか?」

咲莉が訊ねると、聖鷹は難しい顔になった。

「今は抗生剤の点滴で炎症を抑えているみたいなんだけど、医師はできれば手術をしておいたほうがいいって言ってた。それに、他にも血液検査で引っかかった箇所があるそうで、そちらについても詳しい検査を勧められてる。でも、皆川はなぜなのか入院自体をひどく嫌がっていて、ともかく薬の治療しか受け入れず、一日でも早く退院したいって言い張ってるんだよね」

聖鷹はため息を吐いている。

三十分ほど走り、二人を乗せたタクシーが着いたのは、都内にある総合病院だった。

真新しくて立派な造りの建物は、エントランスが吹き抜けになっている。

ところどころに大きな窓があり、緑溢れる中庭がガラス越しに見える。歩いているのが看護師や患者ではなくドアマンだったら、まるで高級ホテルのようだ。

すでに一度来ている聖鷹についていき、咲莉も見舞いの受付を済ませる。

ゲストカードを首から下げて、入院棟に向かう。エレベーターの階数表示を見ると、一階には洒落たカフェや売店があり、最上階にはレストランが入っているらしい。

(すごい……立派すぎる……!)

一昨年に祖母が入院した古びた市立病院とは天と地ほどの差だと、咲莉は思わず目を白黒させてしまった。

専用エレベーターで上がった先にある個室が、皆川の部屋だった。

「聖鷹様、山中様も、わざわざご足労いただいて恐縮です」

皆川がぎこちない動きで申し訳なさそうに頭を下げる。ベッドに上半身を起こした皆川の淡いブルーの入院着を着た腕には点滴が繋がっているのが見える。

「無理しないで、横になっててていいから」と聖鷹が慌てて声をかける。

個室には大型テレビがあり、トイレやシャワールーム付きという贅沢な造りのようだ。ここなら同室者を気にせず、ゆっくり養生できそうだ。

「あの、これ、本なんですけど、もしよかったら。聖鷹さんと俺から、お見舞いです」

そう言いながら、咲莉は本の入った紙袋を差し出した。

「咲莉くんが選んでくれたんだよ」と聖鷹が笑顔で付け加える。

聖鷹から、しばらく皆川は絶食だから、食べ物の差し入れは無駄になってしまうと思うと聞いていた。入院中は動けない分退屈だと祖母も言っていたし、花類の見舞いよりは暇つぶしになるものをと思い立って、先ほど彼と一緒に、病院のそばにある書店に寄ってから来たのだ。

皆川はよくミエルに話しかけているし、ミエルも皆川には懐いていて、たびたびおやつをねだっている。きっと猫好きなのだろう。それならばと、猫関係の雑誌と、それから聖鷹から聞いた皆川が好きな小説家の新刊、その作家と系統の近い新刊本を何冊か選び、纏めて買ってきた。

聖鷹が代金を払うと言ってくれたけれど、皆川への見舞いなので、頼んで今回は咲莉も半額出させてもらった。

受け取って中を見た皆川は、頬を綻ばせて喜んでくれた。

「ありがとうございます。この通り、あまり身動きはとれないのですが、時間だけはあり余っていまして……読めるものがあるのが一番嬉しいです」

椅子を勧められて、咲莉たちはベッドのそばの椅子に並んで腰を下ろす。

「昨日、担当医師とも話をしたよ。どうしてもって言うから薬で抑えているけど、それだとやはり、再発する可能性が高いって。手術とはいってもそう難しいものじゃないし、入院日数も一週間から十日増える程度だそうだ、今後のことを考えたら、今やっておいたほうがいいんじゃないかな」

聖鷹がやんわりとした口調で言ったが、皆川はなぜか顔を強張らせた。

「いいえ、とんでもないことです。そんなにお休みをいただくわけにはいきませんので」

「今急ぎの仕事はないし、何かあれば他の者に頼めばいいから」

聖鷹が宥めるように言うが、皆川は悲壮な表情のままだ。

「鞠子さんもすごく心配してたよ。すぐには家を空けられないけど、犬たちの世話をしてくれる友達の予定が空いたら見舞いに来るって」

「奥様にまでご迷惑を……申し訳ない限りです」

「申し訳ないことなんてないよ。皆川はもううちの家族みたいなものだ。もっと体を大事にしてくれないと」

穏やかに聖鷹が言う。うつむいた皆川が、かすかに目を潤ませるのがわかった。

しばらく聖鷹が説得しようとしたけれど、彼は頑として手術をするつもりはないようだ。

ともかく点滴で炎症が治まったら退院したいという意思を曲げてくれない。

その頑なさは、医療にはまったく門外漢の咲莉も少々首を傾げるほどだった。最終的に、これ以上無理強いしても仕方ないと聖鷹が引いた。

「入院に関することはこっちですべて手続きを済ませるから、何も心配しないでいい。できたら、手術のことは前向きに考えて。気が変わったらいつでもいいから教えてほしい」

じゃあまた来るから、と言って、聖鷹は席を立つ。

咲莉も慌てて立ち上がった。

「あの、何か必要なものとかあったらいつでも届けますので、遠慮なく連絡してください」

そう伝えると、皆川が「すみません、そのときはよろしくお願いいたします」と言って深々と頭を下げる。

お大事に、と言って咲莉もぺこりと頭を下げた。

清潔で豪華な個室は快適そうではあるけれど、病気のときに一人でこの部屋にいるのは少々寂しいかもしれない。

　咲莉は皆川の様子を気にかけながら、聖鷹について病室をあとにした。


「咲莉くん、講義は何時からだっけ？　一緒にランチしてからでも間に合いそう？」

　聖鷹に訊かれて、咲莉は腕時計を見た。病院から直接大学に行くつもりだったが、マンションを早めに出たので、まだ時間には余裕がありそうだ。

「ええと、大丈夫です」

「よかった。前に口コミで見たんだけど、ここの病院の隣にあるカフェ、フード類が美味しいらしいんだよね」

　聖鷹についていくと、病院の敷地のちょうど隣にいくつか店舗が並んでいて、その中に目的のカフェがあった。

　クラシックな雰囲気のクイーン・ジェーンとは正反対の、全面ガラス張りで明るくスタイリッシュな内装の店に入る。

　昼時までは少し早めだったのでまだ店内には空席があった。先に注文する形式の店だったので、レジでそれぞれ本日の珈琲とカフェオレ、二種類のバケットサンドを頼んでシェアすることにした。

バケットサンドが出来上がるまでの間、飲み物を飲みながら席に座って待つ。

いつも聖鷹の淹れてくれる珈琲を飲んでいるので、他の店のカフェオレは新鮮に感じる。

聖鷹の珈琲が一番好きだけれど、これはこれで美味しい。

「……皆川はなんであんなに手術を嫌がるのかな」

ずっと考えていたのだろう、聖鷹がぽつりと言った。

「もちろん、物事にぜったいはないにせよ、それほど難しい手術じゃないと聞いてるし、完全看護だから、術後も不安はないと思うんだけど」

皆川は、最初にかかった近所の個人病院から、手術ができる病院に転院することになった。その際に聖鷹の知人の紹介で、この病院に移ることになったらしい。ここは先進技術の機器が揃えられていて、外科医の腕にも定評がある病院だそうだ。

確かに、聖鷹にしてみれば、何が不安なのかと理解に苦しむところだろう。困り果てたような彼の言葉に、咲莉はおそるおそる、気づいたことを伝えた。

「あのう……もしかしたらですが、皆川さんは入院費とか、手術代とかが気になっているんじゃないかと思ったんですけど」

「ああ、もちろん、それはうちで負担するよ。正社員でこそないけど、皆川はうちで働いてくれてるわけだし」

聖鷹は当然のように言う。

そもそも皆川は、本来は聖鷹が成人したあと、桜小路財閥の系列会社で正社員扱いにするはずだったらしい。だが、何か副業があるのか、本人から固辞されたため、これまでは個人事業主扱いできたそうだ。

「長く働いてもらってるんだし、福利厚生の一環のようなものだから。そういったことは何も心配いらないと本人にも伝えてあるんだけどね」

費用の心配がいらないとなると、咲莉にも皆川が手術を嫌がる理由はよくわからない。

「皆川さん、ご親族は、どなたもいらっしゃらないんですか？」

「うん、もう身寄りはいないと聞いてるよ。今回も見舞いには誰も来ていないみたいだし……だから、余計に遠慮せず、僕たちを頼ってほしいんだけどな」

思いがけず寂しい皆川の境遇を聞いて、切ない気持ちになった。

(でも……俺だって、ばあちゃんに何かあったら、一人になるんだな……)

皆川の状況は、両親がおらず、身内の少ない咲莉にとって少しも他人事とは思えなかった。

「また、お見舞いに行ってもいいでしょうか？」

「ああ、うん。そうしてくれたら、きっと皆川も喜ぶと思うよ」

聖鷹がそう言ってくれたので、時間が空いたら、また見舞いの本を見つくろっていこうと決める。

「近々、鞠子さんが見舞いに来るときには、きっと『咲莉くんに一緒に行ってもらえないかしら？』って頼んでくると思うよ」

鞠子の言う様子が目に浮かぶようで、了解です、と咲莉は笑って答える。

聖鷹はやんわり伝えていたけれど、鞠子はもっと押しが強い。もしかしたら皆川も彼女に言われれば、手術に同意してくれるかもしれない。

話しているうち、店員がバケットサンドを運んできてくれた。焼きたての香ばしい匂いが漂って、食欲をそそる。

「なかなか美味しそうだね。うちのフードメニューでもこういうの出してみようかな」

「きっと喜ばれると思います。あ、でも、ご年配の方が多いから、できたらもう少し軟らかめのパンと、噛み切りやすい具がいいかも」

確かに、と言って聖鷹が微笑む。

半分に切られていたので、一つずつ交換して食べ始める。具は一つがサーモンとオニオン、もう一つが生ハムとモッツァレラチーズだ。黒コショウが利いていて、パンも程よい焼き加減だ。期待した以上に美味しかった。

夢中でかぶりつき、味わいながら咀嚼していると、向かい側に座っている聖鷹と目が合った。

コーヒーカップを手にした彼は、優しい笑みを浮かべてこちらを見つめている。咲莉は思わず食べる手を止めた。

窓の外は庭園になっていて、紅葉した樹木が眺められる。その風情ある景色が見えるガラス窓に、かすかに聖鷹の綺麗な顔が映り込んでいる。

まるで二人の聖鷹に見つめられているようだ。

(あ、もしかして、何か口元についてるのかも……?)

頬が赤くなりそうで、咲莉は慌てて口元をごしごしと擦る。それを見て、聖鷹が苦笑しながらコーヒーカップを置いた。

「ごめん、何もついてないよ。今日も本当に美味しそうに食べるなと思って、見とれてただけ」

——なぜか彼は、咲莉がものを食べているところを見るのが好きなのだ。

好きとか愛してるとか言われるよりも、彼の想いが伝わってくる気がして、唐突に恥ずかしくなった。

「そ、そうですか、ええと、これ、すごく美味しいです」

よかった、と言って聖鷹も一切れ手に取る。

聖鷹も食べ始めたので、ホッとして咲莉も食事を続ける。彼は普段からしぐさが美しいけれど、食べ方も綺麗だ。

好きな人がものを食べているところを見つめたくなる彼の気持ちが、少しわかる気がした。

食べ終えると、二人は最寄りの地下鉄駅に向かった。

「……咲莉くんが元気になってくれて、本当によかったよ」

並んで歩きながら、ふいに聖鷹が言った。皆川が入院することになったからか、すっかり復活した咲莉に安堵してくれているようだ。

三日間にプラス一日の充電期間を経て、今日から執筆を再開するつもりだ。いったん原稿から離れたおかげで、気力体力ともに満タンだった。

「聖鷹さんのアドバイスのおかげです」

「いや、何か言われて、聞く耳を持てるって一つの才能だよ。すべてを聞き入れる必要はないかもしれないけど、最近まで明らかに無理をしていたし。今回は頑なにならずに聞いてくれてよかったよ。君のいいところだね」

いつも聖鷹は咲莉を褒めてくれる。こんなに大事にしてくれて、夢への道まで応援してくれる彼のことを思うと、よりいっそう頑張らねばという気持ちが湧いてきた。

「じゃあ、気をつけて」と言って、聖鷹が別れ際にそっと咲莉の髪を撫でた。

うっとりしかけたが、ここが昼日中の街中だということに気づいて、慌てて気を引き締める。

改札を入ったところで、店に向かう彼と別れ、大学に向かう電車に乗った。

午後の空いたクイーン・ジェーンの店内には、やや張り詰めた空気が漂っている。

咲莉がエリカの店の助っ人をしてから二日経った。

今日は非番だという有馬と、それからエリカが珍しく揃って聖鷹の店にやってきた。

二人はカウンター席に並んで腰を下ろしている。

「この通り、松島も申し訳ないと思ってるみたいだから、許してやってくれないか」

淡々と言う有馬は、珍しく私服のジャケット姿だ。その隣には、神妙な面持ちのエリカが座っている。

本山代議士の貸し切りのあと、慰労のために昨日今日は店は休みにしたそうだが、エリカはなぜか今日も女装姿だ。反省の意を示しているのか、店に出るときよりシンプルなワンピースにメイクも大人しめで、落ち着いた雰囲気の美女に見える。

カウンターの中で珈琲を淹れていた聖鷹が、ふいにため息を吐いた。

「もういいよ。わかったから」

「……ほんと？」

エリカがパッと顔を上げて、目を輝かせる。

「山中くんからも、松島を責めないでほしいと言われてる。断れなかったわけじゃないからって」

「ひらりちゃん……、なんて優しい子なの!?」

感極まったようにエリカが胸の前で手を合わせている。

「——だけど、次はないから」

笑顔を凍りつかせて、ヒッとエリカが息を吞む。彼の前にふわふわの泡がのったカフェラテを置く聖鷹は、真顔だ。

「もし、次に山中くんをあの店で働かせようとしたら、縁を切るから覚悟してほしい。脅しじゃないし、そのときは有馬がどれだけとりなしても無駄だから」

釘を刺されて、エリカは無言でこくこくと頷いている。

聖鷹は、有馬の前にとっておきの豆からドリップした珈琲を置く。

「じゃあ、これで仲直りだな」と有馬が言って、満足そうにコーヒーカップを手に取る。そばで聞いていた咲莉もホッと胸を撫で下ろした。

「あっ、ひらりちゃん、遅くなってごめんなさいね。これお給料よ」

エリカから封筒を渡されそうになり、咲莉は慌てて首を横に振った。

「いえ、俺ほとんど役に立ってませんし。それどころか、予定より早く帰っちゃって、皆さんにご迷惑おかけしただけだったんで、いただけません」

「山中くん、それは駄目だよ」

聖鷹が眉を顰めて言う。エリカも真面目な顔で「そうよそうよ」と頷く。

「あのときはあたし、本当に困ってたのよ。偶然会えて、助っ人をＯＫしてもらえたときはひらりちゃんが天使に見えたわ。せっかくご贔屓（ひいき）にしてくださる方が前々からご予約くださった打ち上げだっていうのに、女のコを揃えられないなんて、オーナー失格なのよ。だから、オープニングの頭数として並んでくれただけでも、本っ当にありがたかったの。お願いだから受け取ってちょうだい」

「でも……」

それでも咲莉が躊躇っていると、珈琲を飲んでいた有馬がぼそりと言った。

「もらっておけ。いらないなら寄付でもすればいい」

そうすればいいのか、と気づき、迷いながらも、この場はありがたく受け取っておくことにする。

「俺からは、詫び代わりというわけじゃないが」

話が一区切りついたところで、有馬が切り出した。

「桜小路家の火事の件だが、実は、意外なところから新情報があった」

有馬の言葉に、ドリッパーを洗おうとしていた聖鷹が手を止めた。

「意外なところって？」

「小川（おがわ）美沙子の夫である、陽介（ようすけ）の証言だ」

それを聞くと聖鷹が、一瞬固まった。

聖鷹の腹違いの姉である美沙子の夫は、昨年、咲莉たちの襲撃をたくらんだ。

しかも、その後の調査で、聖鷹の父、鷹重が亡くなった二十三年前の火事の際、当時、陽介が経営していたケータリングサービスの会社が、別荘に料理を提供していたという事実が判明している。

その頃、すでに陽介は美沙子と交際中だったという。陽介は、もし鷹重が死んだなら、婚外子である美沙子にも多額の遺産が入ると知っていたのかもしれない。

――つまり、場合によっては美沙子夫婦は、聖鷹たちの命を狙っただけでなく、その父と一族の男たち、計七人もの人間が命を落とした火事に関与している可能性が浮上したのだ。

聖鷹に頼まれて、過去の火事について密かに調べ直していた有馬は、美沙子夫婦についても改めて徹底的に調査を進めていた。そこで、何か新たな証言が出たらしい。

「今、陽介の証言と、火事に因果関係があるのかを調べ直しているところだが――」

有馬がそこまで言ったとき「ちょっと待って」と言って、聖鷹がちらっと客席のほうに目を向けた。

すでにオーダー品は提供済みで、客の水のグラスもまだ空いてはいない。

「山中くん、ごめん、少しの間任せてもいいかな？」

「あっ、はい！」

聖鷹は「有馬、バックヤードで話そう」と促す。珈琲を飲み干した有馬が立ち上がり、二人は奥の部屋に入っていった。

（美沙子さんの旦那さんの証言って、いったいどんなことなんだろう……）

店内ではできない話のようだということしかわからないけれど、さすがに気になった。

「……キヨのお父様が亡くなった火事は事故だったことになってるけど、死人が多すぎるものね。もし事件だったなら、犯人がわかるといいんだけど」

神妙な顔つきで言ってから、残されたエリカはカフェラテを啜った。それから、気持ちを切り替えるように微笑む。

「ああ、ともかく、キヨが許してくれてよかった！　この店を出禁になったらどうしようと震えていたわ」

そう言って、エリカは胸を撫で下ろしている。

「聖鷹さんはそんなことしないですよ」と笑いながら咲莉は、カウンターの中に入って皿洗いを始めた。

ふいにエリカが「あ、そうだわ」と思い出したように言った。

「皆川さんが入院しちゃったんですって？　具合はどうなの？」

「昨日、聖鷹さんと一緒にお見舞いに行ってきました。点滴で痛みとかは抑えられているみたいです」

簡単に病状を説明すると、「大病じゃなくてよかったわ」とエリカは頷いている。

「彼もそろそろ年だものねえ。今日は暇だし、あたしも何か見つくろってお見舞いに行ってこようかしら」

心配そうなエリカは、聖鷹たちと小学校から同じ学園に通っていた幼馴染みだ。だから、元々桜小路家の執事だった皆川のことも咲莉よりずっと前から知っている。

「皆川さんって、例の誘拐事件のあとはキヨの送り迎えもしていたし、執事っていうか、身の回りのお世話係みたいな感じだったのよねえ」

聖鷹が小学校の頃、彼と人違いされた同級生が誘拐されるという事件が起こった。犯人は捕まり、同級生は無事だったそうだけれど、間違われた同級生も、そして難を逃れたとはいえ聖鷹自身も、相当ショックだっただろうことは想像に難くない。皆川は、その頃から幼い聖鷹をそばで支えてきたようだ。

「そうなんですね……聖鷹さんも、家族も同然だって言ってました」

エリカの話を聞いて、咲莉はしんみりした気持ちになった。

「そうそう。キヨって、人とは一定の距離を置くタイプなんだけど、いったん懐に入れると、完全に身内扱いなのよね。なんていうか、いろいろあったから他人と親しくなるのを恐れてるんだと思うけど、根は本当に優しいのよ。だから、皆川さんのことだって実際に家族だと思ってるはずだし。具合が悪いとなると、きっと表に見せているほど心中は穏やかじゃないのかも」

皆川が入院したとわかってからの聖鷹の対応を思い返すと、エリカの言う通りだ。

聖鷹は咲莉が執筆に悩んでいるときも、言いにくいことでもきちんと伝えて、適切に休ませようとしてくれた。彼が本当に周囲の人を大切にして、心配してくれているのだとわかる。

「そうそう、この間写真整理をしてたら、昔のがいろいろ出てきたのよ。とっておきのやつ見ない？」

にこにこしながらエリカがスマホを取り出して操作する。

画面を向けられて、カウンターの中から覗き込んだ咲莉は、思わず目を丸くした。

そこには、制服を着た三人の少年が並んで写っていた。

皆、膝までの半ズボンにハイソックスを穿いて、通学カバンを背負っている。真ん中で微笑んでいる綺麗な顔をした少年に見覚えがあった。

「こ、この、真ん中の子……、もしかして、聖鷹さんですか？」

「そう！　よくわかったわねー！　たぶん、小学二年生くらいの頃かしら？　ちなみに右側があたしで、左側が有馬よ。みんな可愛いでしょう？」

楽しそうなエリカに言われてよくよく見てみると、確かに両隣の少年にも現在の面影がある。少年の頃から顔立ちが華やかなエリカはにっこりしていて、真面目そうな有馬は少し照れているようだ。だが、三人ともまだ無邪気な雰囲気があってとても可愛らしい。

咲莉は思わずエリカを凝視した。

「あ、あの、この写真って」と申し出ると「ああ、わかってるわ。すぐ送るわね」と皆まで言う前に頷いてくれて、破顔して礼を言う。

（……スマホはバックヤードだから、あとでじっくり見直そう……）

恋人は、子供時代から愛らしかったようだ。キッズモデルだと言われたら納得するくらいに、聖鷹の可愛さは飛び抜けている。

「……まあ、この写真のすぐあとに、例の誘拐事件が起こったり、お父様がお亡くなりになったりで、大変だったわけなんだけど」

エリカはスマホを弄りながら、思い出すようにため息を吐く。

彼は咲莉を見て、小さく微笑んだ。

「あいつもこの店始めて、ひらりちゃんと出会ってから、やっと落ち着いた気がするわ。あたしが言うのもなんだけれど、キヨをよろしくね」

「あ、が、頑張ります！」と咲莉は慌てて頷く。

「ねー、そういえば女装姿、自分で写真に撮ってなかったんじゃない？　これも送っておきましょうか？」

ふいにエリカがまたスマホの画面を向けてきた。

美容室に迎えに来てくれたときに、興奮したエリカに撮られたものだろう。戸惑った顔で微笑む女装姿の自分が写っているのに、咲莉はぎょっとした。

「あ、い、い、いらないです！」

「えー、すっごく可愛いのに」

エリカは残念そうに言って、頬を膨らませている。

「そうだ、ごめんなさいね、結城の奴がひらりちゃんにしつこくしてたでしょう。普段は本山先生についてきて、静かに飲んで帰るだけなのに、なんだかあいつ、ひらりちゃんのことが特別気に入っちゃったみたいで」

エリカと話しているうち、聖鷹と有馬の二人がバックヤードから戻ってきた。

「お、これが例の女装か」

有馬がエリカのスマホの画面をちらっと見て、咲莉は悲鳴を上げそうになった。

「カーディナル・ローズにはいないタイプだから、人気が出そうだ」

お世辞など口にしなさそうな有馬にしみじみと言われて、顔が赤くなるのを感じる。

難しい顔をしていた聖鷹は、その言葉で、やっとエリカのスマホに映し出されている写真が何かを把握したらしい。

「そういえば、写真撮らなかった……松島、僕にもその写真送っておいて」

「ええっ!?」

咲莉は仰天したが、「はいっ、ただいま!」とエリカは即答してスマホを操作する。

「あっ、あの、ちょっと、それは」

件の女装写真が、止める間もなく聖鷹の元に送信されてしまう。

わたわたしていると、「どこかにアップしたりしないよ。僕が自分で眺める用だから」と安心させるように聖鷹に宥められて、咲莉は羞恥のあまり項垂れた。


二十一時三十分、いつものようにクイーン・ジェーンの閉店時間がやってきた。

CLOSEDの札をドアの外に下げてから、咲莉はバックヤードから掃除機を出してくる。店内の掃除を始めながら、ちらりと棚の上を見ると、ミエルはお気に入りの場所で眠っているようだ。

静音モードで掃除機のスイッチを入れようとしたところで、ふと手を止める。

「あの……聖鷹さん」

「ん? 何?」

カウンターの中を片付けていた彼は、すぐにこちらに目を向けてくれる。躊躇いながら咲莉は訊ねた。

「今日、有馬さんが持ってきたお話って……もしかして、何かすごく悪いことだったんですか？」

一瞬固まった聖鷹は「どうしてそう思ったの？」と問い返してくる。

「いえ……なんとなく、そんな気がして」

彼は苦笑いを浮かべた。

「……なんで、咲莉くんにはわかっちゃうのかな」

女装写真が彼の手元に渡ってしまった恥ずかしさから、しばらくは気づかなかった。だが、皆川の見舞いに行くと言って、エリカたちが連れ立って帰っていったあと、聖鷹は珍しく、どこか上の空だった。

普段は、たとえ考え事をしていても、彼はまずミスをしない。けれど、今日の聖鷹は注文品を伝えたら、エリザベートのはずがアナスタシアを作りそうになったり、シフォンケーキのはずがスコーンを出しそうになったりした。

客に提供する前に彼自ら気づいたので、特に問題は起きていない。

具合が悪いというわけではないようなので、何か集中力が欠けるような出来事があったとしか思えない。

なんだろうと咲莉が考えたとき、有馬が持ってきた情報のことを思い出したのだ。

「訊いちゃいけないことだったら、すみません。でも、聖鷹さん、違うものを作るなんてこと滅多にないし……何かあったんじゃないかと思って」

掃除機を手にしたままおずおずと伝える。すると、濡れた手を拭いた聖鷹が、カウンターの中から出てきた。

「いや、気になって当然だよね。ただ、まだ確証はないから、はっきりしたことは言えないんだ……心配させてごめんね」

つまり、現段階では、咲莉には何も話してはもらえないようだ。

もちろん、打ち明けろと無理強いするつもりはない。けれど、多少気になることがあったとしても、聖鷹がこんなふうに気持ちを持っていかれることはない。

彼の集中力が散漫になるほどの情報——それが、咲莉は心配だった。

「俺にできること、何かありますか？」

訊いてみると、聖鷹は少々驚いたように視線を彷徨わせる。

「そう、だね」

腕組みをして、彼は迷うように切り出した。

「実は……できれば、咲莉くんにお願いしたいと思ってたことがあるんだ」

「えっ、なんでしょう？　俺、なんでもやります！」

少しでも聖鷹の役に立てるならと、咲莉は勢い込んで言った。

「ここ、ですか……？」

膨らんだスポーツバッグを肩にかけた咲莉は、初めての部屋にそろそろと足を踏み入れた。

先ほど店を閉めると、二人はいったん咲莉のアパートに向かい、続いて聖鷹のマンションに戻った。それぞれ身の回りのものをざっと纏めて、タクシーに乗せられ——着いたのが、ここだ。

先ほど、何かできることはあるか、と訊ねた咲莉に対して、求められた聖鷹の願いは意外なものだった。

『僕とミエルと一緒に、しばらくの間、別の部屋で暮らしてくれない？』

一瞬、また命を狙われるようなことが起きて、彼の過剰な庇護欲が発動してしまったのかと思ったけれど、どうもそういうわけではないらしい。

おそるおそる確認すると、咲莉は大学にも普通に行って構わないし、クイーン・ジェーンもこれまでと変わらずに開ける。

ただ、一時的に別の場所に住まいを移したいということらしい。

元々、皆川不在の間、咲莉は皆川の代わりをするために、聖鷹のマンションにいさせてもらおうかと思っていた。だから、わけがわからないまでも、一時的な引っ越しに特に異論はない。

移転先として聖鷹に連れてこられたのは、店の近隣に最近建ったタワーマンションの二十二階の部屋だった。

聖鷹のマンションからタクシーで十分ほどだったので、おそらく歩いても三十分はかからない距離だろう。二十畳ほどのリビングルームと寝室という1LDKの間取りで、見る限り、すぐに暮らせるように生活家電や家具類も揃っているようだ。

「さ、ミエルもどうぞ。しばらくここで暮らすからね」

そう言いながら聖鷹が床に置いたペット用キャリーバッグのジッパーを開ける。するっと中から出てきたミエルは、興味深げにくんくんと辺りの匂いを嗅いで、室内の探検を始めた。

部屋の隅を見ると、誰が用意してくれたのか、ちゃんと猫トイレも置いてある。

聖鷹は、何よりもまず先に、持ってきた袋の中から、ミエルがいつも使っている猫砂を出して猫トイレに足している。ここがミエルの縄張りだよと教えて安心させるためだ。

その間に、咲莉はマンションから持ってきたミエルの水入れとエサ入れを洗ってセットした。聖鷹はありがとう、と咲莉に言うと、室内を見回した。

「うちの持ち物件の中から、店に歩いていける範囲内にある部屋が、今はこの部屋しかなかったんだ。すぐに暮らせるように手配してもらったんだけど、足りないものがあったら遠慮なく言って」

「え……もしかして、今日の今日で、ここで暮らせるようにしたんですか？」

驚いて訊ねると、うん、と聖鷹は頷く。

つまり、元から予定していたわけではなく、彼は今日、急にこの部屋への引っ越しを決めたらしい。

思いがけない話を聞いて、咲莉はあっけにとられた。

——なぜ、そこまで急いで引っ越しをする必要があったのだろう？

呆然としている咲莉の前で、聖鷹が鍵の束を出して、そのうちの一本を渡される。

「この部屋の鍵は、僕と咲莉くんしか持っていないから」

入り口にはコンシェルジュが常駐しているし、住人以外は入れないようになっていると彼は言う。

安心するよりも、咲莉の中には不安のほうが強く込み上げてきた。

「……あのう、以前命を狙われたときみたいに、何か危険が迫っている、とか、そういうことではないんですよね？」

咲莉がおそるおそる訊ねると、聖鷹はやや表情を曇らせる。彼は口元に指を当てると、言葉を選ぶように口を開いた。

「そうだね。現状は、可能性が一パーセントでもあるなら、事前に排除しておきたい……

という感じかな。何事も起こらなければそれが一番だから」

やはり、何か思い当たることがあるようだ。

「普段通りに暮らしてくれて大丈夫なんだけど、もし何かいつもと違うことがあったら、ささいなことでもすぐに教えてもらえるとありがたい。あと、元のマンションにはよほどのことがない限り戻らないでほしい。必要なときは、必ず僕が一緒に行くから」

わかりました、と咲莉は頷いた。

以前起きた事件のときもそうだったけれど、伝えても確証がなく、ただ不安にさせるだけというときは、聖鷹は詳しいことを教えてはくれない。

おそらく、本当にまだ何かを言える状況ではないのだろう。

――前回、彼の母の鞠子と咲莉が襲撃された事件のあと、聖鷹は有馬に頼んで調査を進めた。

聖鷹は、自分と母が死んで得をする容疑者は、三人いると考えていた。

一人目は鞠子の兄の派手好きな後妻だったが、少し前にその兄が亡くなった。

これまで、兄の後妻は裕福な鞠子の資産に目をつけ、強引に交流を図ろうとして彼女を困らせてきた。だが、兄自身の遺産と保険金、遺族年金だけでもじゅうぶん豊かに暮らしていける額がある。桜小路家の人々は、後妻ともその連れ子とも血縁関係はない。鞠子に何かあっても遺産がいくことはないという説明と、今後は家に押しかけたりしないようにはずだ。

と釘を刺す文面を弁護士から送らせたため、おそらく兄の後妻からこれ以上の接触はない

もう一人は、聖鷹の祖父の非嫡出子だったが、調べを進めると、すでに亡くなっていた

ことがわかった。

そして、最後の一人が聖鷹の腹違いの姉である美沙子で、彼女こそが事件の裏で糸を引

いていた真犯人だった。

難病を患っていた甥のため、聖鷹は美沙子に援助を続けていた。それなのに彼女は、感

謝するどころか、悪辣な夫を利用して聖鷹親子を消し、彼らの財産を懐に入れようともく

ろんだのだ。

しかし、美沙子夫妻は今、他者に危害を加えられる場所にはいない。

犯人が捕らえられたあとも、決してすがすがしい気分にはなれない事件だったけれど、

当面の危機は去ったはずだった。

有馬の情報が小川陽介の証言だったとして、聖鷹は何を危惧して、こんなにも身の回り

を警戒しているのだろう。

（でも……一時的に引っ越すだけで、聖鷹さんが安心できるなら……）

咲莉がそう自分に言い聞かせていると、聖鷹が室内を見回して小さくため息を吐いた。

「ちょうどファミリータイプが埋まってて。原稿に集中したいときなのに、手狭な部屋で

ごめんね」

「い、いえ、ここでじゅうぶんですよ」

咲莉はあえて不安を消し去ろうと、明るい声で言った。

これだけの広さがあれば、二人と一匹で暮らすにはなんの問題もない。

「聖鷹さんのマンションも住み心地いいですけど……でも、広すぎて、たまに不安になる気がします。むしろ俺的にはこのくらいがちょうどいいです」

「だったらよかった」

豪華なマンションの広すぎる部屋に慣れているせいか、本気で狭さを心配していたらしい。咲莉の言葉に、聖鷹はホッとした様子だ。

「ベッドルームには机も入れてあるから。咲莉くんが勉強や執筆をするときは、リビングルームでもどちらでも、遠慮なく使いやすいところを使ってね」

尻尾を立ててうろつくミエルのあとを二人で追って、寝室を覗く。

間接照明だけがついた寝室は十畳程度だろうか、大きめのベッドには羽根布団がかかり、ベッドメイクもされている。

壁際に置かれた机にはデスクライトが備えつけられていて、勉強にも執筆にもじゅうぶんな環境だ。

大きなベッドが一台だけなのを見て、ふいに顔が熱くなった。

「どうしたの？」

咲莉がとっさにうつむいたのに気づいたようで、背後から部屋を一緒に覗いていた聖鷹が訊ねてきた。

「い、いえ……なんだかここ、新婚さん用の部屋みたいだなって思って」

照れながらも、正直に答える。

モデルルームみたいに整った綺麗な部屋は、間取りから見ても、新居に越してきたばかりの新婚夫婦の部屋みたいに思えたのだ。

すると、聖鷹が唐突に胸元を押さえ、身を屈めた。

「どうしたんですか？」

慌てて咲莉は彼の顔を覗き込む。聖鷹は小さく喉の奥で呻くと、どうにか声を絞り出すようにして言った。

「ごめん、ちょっと待って……今の発言があんまり可愛すぎるから、胸が苦しくなった」

胸元を押さえた彼は、しばらくして深く息を吸うと、背を正した。

やっと顔を上げた彼の端正な顔は、かすかに赤くなっている。

「……うん、その感想は間違いじゃないよ。ここはＤＩＮＫＳ用の間取りだから」

ＤＩＮＫＳとは、共働きで子供のいない夫婦のことだったはずだ。

聖鷹が咲莉の手をぎゅっと握る。綺麗すぎる顔を近づけられて、咲莉は思わず息を呑んだ。

「それに……僕たちは婚約してるわけだから、『新婚さん用の部屋』なら、ある意味ではぴったりなんじゃないかな」

「そ、そうです、ね」

自分で言ったことながら、恥ずかしくなって、どぎまぎしながら咲莉は答える。

「咲莉くんは、僕のマンションみたいなところよりこういう部屋のほうがいいの？　本当は、もう少し広いところが空いたらそっちに移ろうかと思ってたんだよね。ここだと二人で暮らすにしてもちょっと狭いし、プライベートな空間も少ないから」

「俺は狭くても、あまり気にならないです」

正直なところ、住まいの希望はあまりなかった。今自分で借りているワンルームの部屋も、狭いがエアコンも効くし、雨漏りもしない。ちょっと湯沸かし器の具合がいまひとつだが、住めるだけでもじゅうぶんすぎると思っているくらいだ。

「でも、今後家で執筆や試験勉強をすることを考えたら、せめてもう二部屋、それぞれの部屋くらいはあったほうがいいんじゃないかな？」

聖鷹が気遣うように訊いてくる。

「うーん……でも、誰かいても集中できるほうなので」

これまで、勉強や執筆をする環境なんて選べたためしがなかった。図書館で私語がうるさくても、自宅の近所で工事をしていても、時間が惜しくてひたすら没頭してきた。むしろ、集中できるようにと気遣ってくれる聖鷹の優しさに驚くばかりだ。

それに、再開した改稿は、怖いくらいスムーズに進んでいる。この分ならあと数日で纏め終えて見直しに入れそうなので、気を使ってもらう必要はなさそうだ。

「あ、でも、聖鷹さんが一人で何かしたいときがあったら、もう一部屋はあったほうがいいですよね」

「それはないから、気にしなくて大丈夫」

即答されて、咲莉は少しホッとする。それから、ふと思い立って付け加えた。

「強いて希望を言うなら、あんまり広すぎないほうが好きかも……」

「え、なんで？」

「だって、そうしたら、家で別々のことしてても聖鷹さんが近くにいてくれるし、そのほうが嬉しいかなって」

元々住んでいた聖鷹のマンションは、とにかく広い。造りが二階層に分かれたメゾネットで、バスルームもトイレも二つある。使っていない部屋も何部屋かあって、同じ家の中にいても、聖鷹やミエルがどこにいるのか捜さなくてはならないことがあった。

広い家に慣れていないせいか、正直、ちょっと寂しさを感じることもあったくらいだ。

咲莉が正直な希望を話すと、聖鷹はがくっと膝を折った。

「き、聖鷹さん!?　大丈夫ですか？」

彼はへなへなとその場にしゃがみ込んでしまう。びっくりして、咲莉もその場に膝を突く。目元を手で覆っている彼の顔を見ようとすると、いきなりその手をぎゅっと掴まれた。え、と思ったときには彼のほうに引き寄せられ、聖鷹の膝の上に乗せられていた。

背中に腕が回ってきて、ぎゅっと強く抱き締められる。

「はあ、もう駄目だ……咲莉くん、なんでそんなに可愛いことばっかり言うの……？」

ぼやくような呟きが聞こえてきて、具合が悪いわけではないようだと気づく。安堵するとともに、咲莉は困惑した。

「特に可愛くなんかないと思いますけど……それより、びっくりさせないでください」

顔を顰めて頼むと、ごめん、と言う聖鷹に背中を撫でられる。

しばらくそうしているうち、彼が腕の力を緩める。頬に触れられて、咲莉はゆっくりと顔を上げた。

目が合うと、彼が顔を近づけてきて、額を擦り合わされた。大きな手が優しく髪を撫でてくれるのが気持ちいい。

「……もう、僕は咲莉くんに夢中だよ」

熱っぽく囁いた彼が、愛しげに鼻先を合わせてくる。そっと唇を重ねられて、甘く吸われると、じんわりと心地いい熱が咲莉の体を満たした。

しばらく、啄むようなキスを何度か繰り返したあと、聖鷹が照れたように笑った。

「咲莉くんといられるなら、確かに、狭いほうがいいかもしれない」

有馬に話を聞いてから、どことなく心ここにあらずだった聖鷹が、咲莉をまっすぐに見つめてくる。彼の気持ちが落ち着いたことがわかって、咲莉は胸のつかえが取れたような気持ちになった。

「君といると、どこにいても楽しく思える」

キスの合間に囁かれて、咲莉は頬を緩めた。

「俺も……聖鷹さんといると、すごく幸せです」

はにかみながら正直な気持ちを伝えると、聖鷹にまたぎゅっと抱き寄せられた。

「――さ、じゃあ、そろそろ洗濯でもしようかな」

しばらくそうしてから、なぜか急に聖鷹が咲莉から体を離そうとする。

「僕は原稿の邪魔しないようにするから、終わったらバスルームは好きなときに使って
……」

「き、聖鷹さん」

咲莉は慌てて彼のシャツの腹の辺りを掴んだ。

「ん？　どうした？　バス用品はとりあえず、うちで使ってるのと同じものを揃えてあるはずだけど……何か足りないものとかありそう？」

彼は咲莉が風呂の話をしようとしていると思ったらしい。

「い、いえ、そうじゃないんです。あの……その……」

言い出すのが恥ずかしくて、咲莉はうつむく。

「……あ、そういえば、冷蔵庫の中身がまだ空なんだよね。明るくなってから買い物に行こうかと思ってたけど、今日は夕食が軽めだったし。遅くならないうちに、少しコンビニに買い出しに行こうか？」

気遣うように言われて慌てた。今度は聖鷹は、なぜか咲莉が空腹を訴えていると思い込んでいるようだ。まったく違う心配をされて泣きたくなる。

「あの、お風呂の話でもなくて、あと、おなかもすいてないです。ええと……もしよかったら……、お、お風呂、一緒に入らないかなって」

しどろもどろになりながらどうにか伝える。

彼がかすかに息を呑んだのがわかった。少しの間のあと、息を吐いた聖鷹が、咲莉の肩に触れてきた。

「とても魅力的なお誘いなんだけど、そんなことしたらとても我慢できそうにないから、今日はやめておくよ」

「我慢、しないでいいです」

焦れた気持ちで咲莉は言った。

思いが通じ合ったものの、聖鷹は当時まだ十九歳だった咲莉の年齢を気にして、二十歳になるまで待つと言ってくれた。だが、初めてキスをしたときの咲莉の反応があまりにも不慣れなものだったからか、二十歳になってからも、急がずゆっくり進めようと言い出した。

そのせいか、聖鷹のマンションに泊まるときは、いつも彼のベッドで一緒に寝ているというのに、聖鷹はキスしたり抱き締めたりする以上のことをいまだにしてこない。

もし、彼が自分にそういった意味で興味がないのなら、このままでも構わない。

けれど、聖鷹は今のように、咲莉には恋情だけでなく欲情もあると言う。咲莉だってもちろん、彼に触れられたいと思っている。

だったら、もう我慢しないでほしいと思うのは、当然のことではないか。

「……俺、もう二十一歳になりました。再来年には社会人だし、大人です」

そもそも、現在の成人年齢は十八歳だから、両想いであれば待つ必要自体どこにもない。

必死の思いで訴えると、聖鷹は困ったように小さく笑った。

「そうだね。年齢的には大人といえるかもしれないけど。でも、君はまだ学生だし……卒業して、もう少し世の中のことを知ってからでも――」

冷静に言う彼の言葉に、咲莉は愕然とした。

卒業後と言われたら、あと一年半近く先のことだ。

急に不安が込み上げてくる。彼の気持ちが気になり、とっさに問いかけた。

「聖鷹さん、本当は、あんまり俺としたくないんですか……？」

「したいに決まってる」

思わず訊いてしまった言葉に、聖鷹は眉根を寄せてきっぱりと答えた。

彼が背中に手を回してきて、ぐっと抱き寄せられる。キスをされるのかと思ったが、なぜか寸前で止めた。

聖鷹は咲莉の目を覗き込んだまま、唇を引き結ぶ。

薄い色の瞳と視線が絡む。その眼差しにいつもとは違う熱が宿っていることに気づいて、咲莉の胸の鼓動は大きくどくんと跳ねた。

頬を吐息がかすめ、何を言われるのかと緊張していたとき、彼がふっと視線を外した。

「咲莉くんには、僕の本当の気持ち、十分の一も伝わっていない気がするよ」

「……えっ？　そ、そんなことないです。ちゃんと、伝わってますよ」

どこか苦しげに呟いた聖鷹が、咲莉の頬にそっと唇を触れさせる。

背中に回った彼の腕の中に強く抱き込まれると、咲莉の耳元に唇が寄せられた。

聖鷹は囁くように言った。

「だったら、僕とのこれからのこと、もう少し時間をかけて、よく考えてみてほしい。先走って後悔されたくないし……それに、前にも言ったと思うけど、急ぐ必要なんてどこにもないんだからね」

咲莉を抱き締めたまま、彼は穏やかに、まるで子供に言い含めるみたいに告げた。

ちゃんとわかっているし、子供扱いしないでと言いたかったけれど、咲莉はそれを呑み込んだ。

「……わかりました」と大人しく答えて、彼の胸元にそっと頭を預ける。そうしながらも、内心では深い落胆を感じていた。

（もう、じゅうぶんすぎるくらい考えたし、聖鷹さんとなら、後悔なんてぜったいにしないのに……）

彼はいっこうに手を出してはくれない。それでも、咲莉が聖鷹の気持ちを疑うことはなかった。

それは、彼が日々、こまやかに咲莉に愛情表現をしてくれるからだ。

聖鷹は大した取りえもなく、容貌が優れているわけでもない咲莉を、様々な意味でとても大事にしてくれる。彼が自分のことを好きになってくれたのは奇跡だと思う。世界中のどこを探しても、こんな人には二度と出会えないだろう。

宝物のように愛されていると思うし、存在を慈しんでくれることが日々伝わってくるけれど、あまりにも大事にされすぎて、逆に戸惑ってしまう。

もどかしい気持ちはあるものの、聖鷹が乗り気でないのなら仕方ない。

こうして彼の腕の中に包まれて、優しく背中を撫でられているだけでも、どこにいるよりも咲莉は安心できる。いつもの彼のかすかな香りを嗅いでいるうち、じわじわと体が温かくなってきて、えも言われぬ多幸感に満たされた。

——咲莉は、もう人生の相手に、聖鷹しか考えられない。

もし、彼に振られたとしても、他の人を好きになることはできないだろう。

だから、自分の気持ちは決まっている。けれど、それが彼に伝わっていないのなら、わかってもらえるまで待つしかないのだ。

そう自分の中で結論づける。ともかくはただ、世界中で一番好きな人と一緒にいられる幸せを噛み締めようと思った。

ふいに、「シー！」という不満そうな鳴き声がどこかから聞こえてきた。

ハッとして見ると、リビングルームをうろついていたミエルが急いで寄ってくるのが目に入った。ミエルは二人の周りをうろうろすると、聖鷹の膝の上に抱かれている咲莉の膝によいしょとばかりに乗ってきた。

「わ、わっ」

咲莉は慌てて落とさないようにふわふわの体を支える。床に座り込んで抱き合っていた二人の間に潜り込むなり、白猫は満足げにゴロゴロと喉を鳴らし始めた。

「珍しく甘えてる。自分も入れてほしかったみたいだね」

聖鷹が苦笑して、ミエルの小さな頭をよしよしと撫でる。
マイペースでご満悦な白猫の行動に、目を合わせて二人は笑い合った。

＊

「退院してた!?」

よほど驚いたらしく、声を上げてから、聖鷹はハッとした顔になった。

店内に目を向ける。平日のクイーン・ジェーンの店内は半分ほどの入りで、ほとんどは常連客だ。幸い、皆話に夢中で気には留めなかったらしい様子で、咲莉はホッとした。

「そうなのよ、私も看護師さんに言われて、びっくりしちゃって」

困り顔で言うのは、先ほど店に入ってきたばかりの聖鷹の母、鞠子だ。豪華な花束を抱えた彼女は、途方に暮れた顔をしている。

皆川の見舞いに行った鞠子は、すでに退院しましたと受付で告げられて、仰天したらしい。

医師の話では、手術をしないなら一週間程度は点滴をして、退院後は内服薬の治療に切り替えるという予定になっていた。つまり、まだ数日は点滴をする必要があるはずなのだ。だが、皆川はどうしても退院したいと昨日医師に頼み込み、内服治療の案内を受けて、今朝、病院をあとにしたらしい。

「びっくりしたら疲れちゃったわ。聖鷹さん、お砂糖たっぷり入れるから、カプチーノをお願いできる？」

鞠子はそう言ってから、カウンター席に腰を下ろす。聖鷹はまだ驚きが隠せない顔のまま、珈琲を淹れ始めた。

今日で皆川が入院してから五日目になる。

愛犬たちを見ていてくれる友人の都合がつきそうだから、明日見舞いに行くと鞠子から聖鷹の元に連絡があったのは、昨夜のことだった。その旨は聖鷹から皆川にメッセージアプリで知らせていた。皆川からも、恐縮した返事が届いていたはずなのだが――。

「……皆川から返事がきてた。『事情があって、少し早めに退院することになりました。少しお休みをいただきます。勝手をお許しください』って」

急いでスマホをチェックした聖鷹が、困り顔で読み上げる。

「奥様にもお詫びをお伝えしておいてください、って」

「んもう。だったら、退院前に私にも連絡をくれればよかったのに。絶食だったっていうから、きっとふらふらでしょう。手続きだって付き添ったし、お薬の受け取りだってしたわよ」

無駄足を踏まされたことには戸惑っているだけで、それよりも鞠子は無理をして退院した皆川の容態を心配しているらしい。聖鷹と似ているなと咲莉は思った。

ふと見回すと、客の水のグラスがいくつか空になっていることに気づく。咲莉はピッチャーを手に客席を回った。追加注文を受けて戻ってくると、聖鷹は鞠子のカプチーノを作りながら、何か考え込んでいる様子だ。

「あの、追加注文で、本日のスイーツ二つです。俺、作りますね」

「ああ、ごめん。僕がやるよ。はい、カプチーノ」

鞠子の前にふわふわの泡がのったコーヒーカップを置いてから、聖鷹はフードケースからシフォンケーキを三ピース出している。

軽く温め、生クリームをたっぷり添えた二枚の皿を咲莉が客席に運ぶ。

「まあ、このケーキすごく美味しいわ。もしかして、聖鷹さんが作ったの？」

残りの一枚の皿は鞠子の分だったらしい。一口食べて、鞠子は目を輝かせている。そうだよ、と聖鷹が答えると、鞠子は犬を見ていてくれる友達の土産にしたいと頼んで、二ピースお持ち帰りを注文した。

着いたときは疲れ切っていたようだけれど、どうやら美味しいスイーツを食べてだいぶ元気が出たようだ。ちらっと見ると、聖鷹も同じことを考えていたようで、彼が口の端を上げる。

持ち帰りのスイーツの用意をしながら、咲莉もホッとしていた。

「皆川には、無事に家に帰ったら連絡してほしいとメッセージを送ったけど、まだ返事はないみたいだ」

普段は営業時間中に店内で触ることはほぼないスマホを確認しながら、聖鷹が言う。

あっという間にケーキを食べ終えた鞠子が、コーヒーカップを手にため息を吐いた。

「もしかしたら、弱っているところを見られたくないのかしらねえ……まあ、皆川さんのことだから、心配はいらないんでしょうけど」

「そうだね……」

聖鷹は浮かない顔だ。フードケースの中を整理して、新しいシフォンケーキの皿を手前に移動させながら、咲莉も無理に退院した皆川のことが気にかかった。

「あら、二人ともそんな顔しないで。きっと皆川さんは病院が苦手なのね。私のお友達にもそういう人がいるわ。体調が落ち着いたら、すぐに連絡をくれるはずよ」

鞠子はすでに気持ちを切り替えたようで、明るく言い切った。

「そもそも、年齢的にももう引退してもらったっていい頃でしょう。ずっとお世話になってきたから、今後はのんびり暮らしてもらいたいわ。そのための慰労金なら、もちろん私も出すから」

シフォンケーキを土産に持つと、鞠子は席を立つ。豪華な花束は「持って帰ったらしおれちゃいそう」と言って聖鷹に渡した。

「咲莉くん、今度はうちに遊びに来てちょうだいね」と咲莉に言ってから、急いで犬たちが待つ鎌倉の家に帰っていった。

「これ、香りがあるからうちの店にもちょっと置けないし、そもそも花粉は猫によくないものもあるんだよね」

鞠子を見送って戻ってきた聖鷹は、一抱え以上もある花束を持て余しているようだ。綺麗だが、確かにユリ科の植物は猫には危険だったはずだ。ふと、エリカの店はあちこちに生花が飾られていて華やかだったことを思い出す。

「あの、エリカさんのお店なら喜んでもらえるんじゃないでしょうか？」

「松島の店か。そうだね、訊いてみるよ」

頷いた聖鷹が花束の写真を撮ってメッセージを送る。すると、すぐに返事がきて、一時間も経たないうちにエリカが店にやってきた。

「あらあ、すごい立派じゃない！　こんなのをいただいちゃっていいの？」

「ああ、引き取ってもらえたら助かるよ」

聖鷹が言うと、エリカは大喜びで礼を言って受け取っている。

今日はまだ彼の店のオープンより早い時間なので、彼はジーンズにコートを着た男の格好だ。エリカは、店に入ってきただけでその場が明るくなるようなエネルギーに満ちている。男女どちらの格好をしていても、同じような華やかさがあった。

わざわざ取りに来てくれたからと、聖鷹が「サービスするよ」とメニューを出す。エリカは嬉々として、いつものお気に入りであるマリー・アントワネットの本日のスイーツセットを選んだ。

聖鷹が珈琲の支度をする横で、咲莉はスイーツの準備を始める。

「お母様がいらしてたなら、久しぶりにあたしもお会いしたかったわぁ」

つい一時間前に鞠子が座っていた席に腰を下ろして、エリカが残念そうに言う。

美しく生クリームを絞ったウィンナコーヒーのカップを彼の前に置きながら、ふと思い出したように聖鷹が訊いた。

「松島、先日、有馬と一緒に皆川の見舞いに行ったよな？」

「ええ、伺ったわ。さすがにちょっとほっそりされてたわねえ」

聖鷹は、本来の入院予定を切り上げて、皆川が今日退院してしまったことを話す。

目を丸くしたエリカが、驚いたように口元に手を当てた。

「えっ、そんなことして大丈夫なの？」

「一応、渋々とだけど、医師とは話し合いの上で了解を得たみたいだ」

そう言ってから、聖鷹はエリカに訊ねた。

「ところで、お前たちが見舞いに行ったとき、どんなことを話したか覚えてる？」

ええっと、とシフォンケーキを呑み込みながらエリカは言った。

「そうねえ、普通に、雑談よ。最近寒くなった話とか……お時間あったらうちの店に遊びにいらしてねって話とか」

「酒を出す店に病人を勧誘するなよ」

聖鷹が呆れた顔になる。

「無理強いしたわけじゃないわよ。ああ……あと、ひらりちゃんにも見せた、昔のあたしたちの写真もお見せしたわ」

どんな写真かと訊かれて、エリカはスマホを取り出して弄ると、彼に画面を見せている。

聖鷹が一瞬狼狽えたように咲莉に目を向ける。

彼が何か言う前に、エリカがぽつりと言った。

「それまでは普通だったんだけど、なんか、皆川さん、この写真を見たら、急に動揺したみたいで、泣いちゃって……」

(皆川さんが、泣いた……?)

常に冷静沈着なイメージのある彼が、涙を零すところが思い浮かばない。

咲莉は驚いて、とっさに聖鷹を見る。彼も意外だったらしく、困惑した顔だ。

「……この頃、桜小路家は大変な時期だったたし、皆川さんもいろいろあっただろうから、昔のこととか思い出しちゃったのかしらね。懐かしくて元気が出るかと思ったんだけど、逆に、悪いことしちゃったかもしれないわ」

「いや……別に、そんなことはないと思う」

聖鷹が考えるように目を伏せながら言った。

「退院のときは付き添うつもりでいたけど、僕もまだ一度しか見舞いに行けてなかったし。

昔から知ってるお前たちと話して、きっと皆川も、少しは気持ちが明るくなったんじゃないかな」

「そうかしら。だったらいいんだけど……皆川さん、昔、あたしたちが桜小路のお屋敷に遊びに行くと、よくココアを入れてくれて、それがすっごく美味しかったのよねえ。今でも覚えてるわ」

思い出すようにしみじみと言いながら「元気になってまた戻ってきてくれるといいけど」と、頬に手を当ててエリカがため息を吐いた。

ふいに聖鷹が彼を見て、なぜか少し言いにくそうに口を開いた。

「……お前は強引だし、後先考えないところはどうかと思うけど。でもきっと、そういう破天荒で底抜けに明るいところに、有馬も救われてる気がする」

唐突に有馬の話を持ち出されて、エリカが目を瞠った。

「えっ、ど、どうしたの、キヨ？　なんだか今日は優しくて怖いわ……ひらりちゃん、こいつどうしたの？　何か悪いものでも食べたんじゃない？」

照れ隠しなのか、頬を染めたエリカが慌てたように言う。

聖鷹は珍しくムッとした顔で「僕はお前以外にはいつも優しいよ」と言い放った。

確かにそうだ。誰にでも優しい聖鷹は、どうしてなのか、エリカにだけは冷ややかな態度をとることが多い。咲莉の目から見ても不思議だったけれど、幼馴染みの悪友というのはこんなものなのかもしれないと思っていた。

そんな聖鷹が、今日はいつもとは違った言葉をエリカにかけている――まるで、有馬との関係を応援するみたいに。

よほど嬉しかったのか、顔を赤くしたエリカは、まだ狼狽えているようだ。

(エリカさん、本当に有馬さんのこと好きなんだな……)

彼の動揺っぷりを見て、咲莉はしみじみと思った。

いつからかは知らないけれど、エリカは有馬に恋をしているらしい。普段は余裕たっぷりなのに、有馬の話が出ただけで、少女みたいにしどろもどろになってしまうのだ。

片想いなのか両想いなのかがいまひとつはっきりわからずにいたのだが、行動を見る限りでは、おそらく有馬のほうも彼を憎からず思っているようだ。

(でも……夜の店のオーナーと、警察官って、ちょっと難しい組み合わせなのかも……)

けれど、エリカほどの人間的な魅力とパワーがあれば、どんな障害であっても乗り越えられる気がした。


聖鷹とミエルとともに移り住んだ一時移転先のマンションは、どの部屋も防音が利いているようでとても静かだ。

マンションに戻り、食事も風呂も済ませた咲莉は、ベッドルームに置かれた机に向かい、せっせと小説の改稿に励んでいた。

「今日はここまででいいかな……」

ノートパソコンに齧りついて、区切りのいいところまで進めて一息つく。

冷めたカフェオレの残りを飲み干す。時計を見ると、すでに日付が変わっていたことに気づいて、急いでリビングルームを覗いた。

ソファでは、膝の上にミエルを乗せた聖鷹が、スマホを手に難しい顔をしている。

鞠子が持ってきた花束の匂いが嫌だったのか、ミエルは今日、カウンターからもっとも離れた窓際のベッドで寝ていた。客も少ない日であまり構ってもらえなかったから、きっと寂しかったのだろう。

そばに寄ると、ミエルが聖鷹の膝から下りてきて、甘えるように咲莉の足に身をすり寄せた。

「どうしたの？」

顔を上げた彼に訊ねられて、咲莉は「ええと」と考えを巡らせた。今日進める分はもう終えたし、聖鷹はちょっと疲れているように思える。

「あの、寝室を使わせてもらっちゃってすみませんでした。聖鷹さんはそろそろ寝ますか？」

「ああ、まだ寝ないから、そのまま続けて大丈夫だよ」

そうですか、と答えて、咲莉は彼の隣に腰を下ろす。その膝の上に、ミエルがぴょんと飛び乗ってきた。

「執筆は順調？」

聖鷹の問いかけに、咲莉はふわふわの白い毛並みを撫でながら答えた。

「はい、すごくいい感じに進められてます」

三日、原稿から離れて以来、客観的に全体を眺められるようになり、進行は順調そのものだ。締め切りにもじゅうぶん間に合うだろう。

あれからいろいろと考えて、民間企業への就職活動の予定も、少し組み直した。まずは、何よりも大学の単位を落とさず、執筆も納得がいくまで見直せるようにすべきだと思う。

その上で、来年の公務員試験を本命として、無理のない範囲で、滑り止め企業にも応募することに決めた。不安はあるけれど、聖鷹の言う通り、何もかも全部やろうと欲張っては、すべてを失ってしまうかもしれないと気づいたからだ。

その話をすると「そう、よかった」と彼は頬を緩めた。

「……ちょっと思ったんだけど」

「なんでしょう？」

「僕は咲莉くんに、あらゆる意味で依存してほしいと思っている。だったら、君が全部に手を出して、パンクしちゃったところを慰めて、支えるふりをしつつも甘やかして、僕なしで生きられないようになってくれたほうが、自分の望み通りになるわけなんだよね」

意外な言葉に面食らったが、思わず笑ってしまった。

すると、聖鷹が難しい顔でこちらを見据えてきた。

「いや、安心しないで。僕は君のことを独り占めしたいんだから、気を抜いていたらそのくらいのことはするかもしれないよ？」

「聖鷹さんは、そんなことできる人じゃないと思います」

咲莉がくすくす笑うと、聖鷹も表情を緩めて苦笑した。背中に腕が回ってきて、引き寄せられる。おかしそうに笑った彼に、ちゅっと音を立てて口付けられた。

「……そうだよ、できない。僕は君のことが好きすぎて、何よりも喜ぶ顔が見たい。だから、君の望みを叶えるためなら、なんだって協力してしまうんだ」

苦悩するみたいにぼやく彼が可愛く思えて、咲莉も微笑む。自然と抱きついて、聖鷹の頬にキスをしていた。

びくっとして固まった彼の頬が、みるみるうちに赤くなっていく。

「もう一度、して？」

甘えるみたいにねだられて、恥ずかしかったが頷いた。せがまれるがまま、何度か彼の頬や、形のいい口の脇に軽いキスをする。このくらいのことで、頬を紅潮させるほど喜んでくれる聖鷹にいっそう愛しさが増した。

「はあ……咲莉くんといると、幸せすぎて、一日のすべての疲れがどこかに吹き飛んでいくよ」

咲莉を抱き寄せながら、ため息を吐いて彼が言う。

聖鷹の言う一日の疲れ、というのは、おそらく一番は、咲莉にはまだ教えてもらえていない危機によるものだろう。

——そしてもう一つは、たぶん、今現在、皆川の行方がわからなくなっている件だ。

皆川が予定よりも早く退院したとわかったあと、聖鷹は皆川のマンションに使いの者を行かせた。だが、チャイムを鳴らしても応答はなく、電気のメーターを確認しても、中に人がいる気配はなかったらしい。

皆川には、身を寄せるような親しい友人もすでにいないらしい。

まだ体調が万全とは言えない状況で、いったいどこに行ってしまったのか。退院を知らせるメッセージのあとは、聖鷹が送った返事にも応答はないようだ。

そんな中で、聖鷹が危機を察して住まいを変えたことを考えたとき、咲莉の頭の中にある一つの結論が思い浮かんだ。

「——聖鷹さん、もしかして、なんですけど」

彼から少し身を離して、咲莉は切り出す。

何？と言って、聖鷹は聞く体勢をとってくれる。

「今回、住むところを移したのって……もしかして、皆川さんが……」

言葉を濁すと、聖鷹がかすかに身を強張らせた。

彼はまだ伏せておきたいのかもしれない。だが、もう黙っていられず、咲莉は思い切って口を開いた。

「だ、誰かに脅されて、皆川さんが、危険な状態にいるからじゃないんですか？」

なぜか聖鷹は、ぽかんとした顔になった。

「そうとしか思えません。以前、鞠子さんと俺が襲われたときみたいに、今度は皆川さんがターゲットになっちゃったんですよね？　だから、皆に危険が及ばないように、きっと身を隠したんじゃないかって……き、聖鷹さん!?」

必死で自分の頭の中をこねくり回した推理を伝える。すると、ふいに腕を回してきた彼に、ぎゅっと強く抱き締められた。

咲莉の肩に頭を乗せて、聖鷹は小さく息を吐く。

しばらくそうしてから、聖鷹が潜めた声で漏らした。

「……もしかしたら、そうかもしれない。むしろ、そうだったらいいなと思ってる」

彼の言葉に、咲莉は引っかかりを覚えた。

（聖鷹さんは、皆川さんが被害者ならいいって言ってるわけじゃなくて……つまり……、え……え？）

彼の考えていることは、咲莉の推理とはまったく違うことになる。

「き、聖鷹さんは、まさか……皆川さん自身を、警戒しているってことなんですか……？」

おそるおそる訊ねると、彼は顔を上げる。

聖鷹は迷うように口を開き、苦い顔で言った。

「皆川のことは、子供の頃からずっと信用してきた。今も、できることなら信じたいと思ってる。ただ、正直なところ、まだはっきりとは状況がわからないんだ。皆川本人と話ができればと思うけど、連絡がつかないから訊くこともできないし」

詳しいことがわかったらすぐに伝えるから、と言われる。

聖鷹は、確証のないことは伝えたがらない。だから今は、それが彼が伝えられるせいいっぱいの言葉なのだろう。

わかりました、と咲莉は真剣な顔で頷いた。

咲莉の肩を撫でてから、彼がふと表情を緩めた。

「咲莉くんがどんなことを言い出すのか、想像がつかなかったけど……まさか、そうきたかって感じだった」

体をゆっくりと離して、咲莉の目を見つめた聖鷹が優しく微笑む。

「咲莉くんて、なんていうか、綺麗な空気しかない世界で育った妖精みたいなところがあるよね」

しみじみと真顔で言われて、咲莉は苦笑するしかない。

天使だとか妖精だとか、たまに聖鷹はこうして不思議なことを言う。確かに、咲莉が育ったのは関東地方の中でも田畑が広がる郊外ののどかな田舎町なので、空気は比較的綺麗なところだったかもしれない。

でも、彼はそういうことが言いたいわけではないだろう。

「聖鷹さん、抽象的すぎます」

「もちろん、褒めてるんだよ。というか、尊敬してる」

彼は真顔だ。

「え……、お、俺、聖鷹さんに尊敬してもらえるようなところ、あるんですか?」

驚いて訊ねると「あるよ。いっぱいある」と当然のような答えが返ってきた。

「どこでどうやったらこんなふうに育つのかなって、お祖母様に感謝したくなるくらいだ。大人になると、誰かに損をさせられないように、傷つけられないようにって、あらかじめ気持ちも行動もガードしてしまうものだけど、咲莉くんにはそういうところがかけらもないよね。全力で、周りの人たちを信じてる」

ふと聖鷹が顔を曇らせた。

「でも……ノーガードでどんどん突き進んでいくから、そこは心配でもあるな」

ふう、と彼はため息を吐く。

また顔が近づいてきて、そっと唇を重ねられる。ほんの軽い口付けなのに、聖鷹にそうされると、体が恥ずかしいくらいに熱くなっていく。

何度か咲莉の唇を啄み、頬や耳たぶに触れながら、聖鷹が囁いた。

「……いくらでも払うから、咲莉くんを僕だけのものにできたらいいのに」

咲莉は思わず目を丸くした。

「わかってる。そんなことするべきじゃないし、そもそも咲莉くんは望んでないって。でも……そうしたら、危険なことが何もない場所に連れていって、もっと確実に守ってあげられるのにって、たまにもどかしくなるんだ」

聖鷹は自分に言い聞かせるようにして呟いた。

「……本当に欲しいものは、お金なんかじゃ手に入らないんだよね」

彼がどこか悲しそうなので、咲莉はもじもじしながら口を開いた。

「で、でも俺、お金とか出さなくても、もうほとんど、聖鷹さんのものだと思うんですけど……」

聖鷹はびくっとして、いっそう深くため息を吐く。

「君が可愛すぎて、外に出すのがつらいよ」

かすかに聞こえる声でぼやきながら、彼はまた咲莉を強く抱き締めた。


期限の二週間が経ち、編集長の休みが終わる前日に、咲莉はじゅうぶんに時間をかけた改稿をメールで送信した。

改稿をすぐに読んでくれたようで、翌日には編集長から返事が届いた。

『今回はとてもよく纏まっていました。大筋はこのまま、校正にかける前に細かい修正に入りましょう』という答えが返ってきて、何度もメールを読み返してしまった。

ようやく改稿が終わったのだ。校正者に渡せれば、発売日も決まるだろう。

嬉々として報告すると、聖鷹も喜んでくれた。「たまには少し息抜きでもしよう」と言われて、行き先を話し合い、鎌倉の鞠子の家に行こうかということになった。

聖鷹が訪問の打診をすると、前々から咲莉を連れてこいと誘ってくれていた鞠子は、二つ返事でOKをくれた。

聖鷹は『泊りがけでいらっしゃいよ』と誘われたらしく、次の店の定休日を連休にすることにした。

店の定休日には講義がないけれど、咲莉はその翌日には二コマ講義が入っていた。だが、幸いオンライン授業を公開している講義だったため、ノートパソコンさえ持っていけばどこからでも参加できるはずだ。

敷地の広い邸宅が立ち並ぶ閑静な住宅街の一角に、ひときわ立派な邸宅があった。

鞠子の住む家は、聖鷹の祖父母が亡くなったあとに建て替えをした実家だそうで、ヨーロッパの街に立っていそうな洒落た洋風建築だった。

庭にはプールが見え、客間は通路で繋がった離れの別棟だと聞いて、咲莉は目を白黒させる。チャイムを押す聖鷹の隣で、その豪華さと広さに呆然としてしまった。

「二人ともいらっしゃい！　咲莉くんも来てくれるなんて、今日は最高ね」

インターホンに出たのは使用人らしき女性だったが、ドアを開けてくれたのは満面に笑みを浮かべたラフな格好の鞠子だ。

彼女とともに二頭のシェパードが出迎えてくれる。

「こんにちは、お邪魔します」

緊張しつつも咲莉が笑顔で頭を下げていると、二頭がずんずんと寄ってくる。

「紹介するわね、赤い首輪の子が福太郎（ふくたろう）。青い首輪が大吉（だいきち）よ。犬は嫌いじゃないって聞いたけど、嫌なことがあったらすぐに離すから言ってね」

福太郎のほうは長くフサフサの毛が豊かで、子熊みたいだ。もう一頭の大吉の毛並みは比較的さっぱりしている。

「よ、よろしくね」と、犬への礼儀を保ちながら、咲莉は二頭に挨拶した。

「お前たち、僕は無視なのかい？」

二頭にスルーされた聖鷹は苦笑している。

どうやら福太郎たちは初対面の人間に興味深々のようで、聖鷹そっちのけで咲莉ばかりの匂いを嗅いでくる。

大型犬と触れ合うのが初めての咲莉は、どきどきしつつも、ともかくされるがままでいた。事前に聖鷹から大型犬との関わり方を教わったし、好きになってもらえる方法もスマホでチェックしてきた。仲良くなれるといいのだが。

冷静に、と自分に言い聞かせていたのに、急に立ち上がった二頭にぺろぺろと豪快に顔や手を舐められて、「わ、わ！」と思わず声を上げてしまう。

「あら、よかった。この子たち、咲莉くんのこと気に入ったみたい」

にこにこしながら鞠子が言う。

「き、嫌われてないならよかったです……」

どうやら、まずは二頭のお眼鏡に適ったらしい。初めての対面に緊張していた咲莉は、嬉しくなってホッと息を吐いた。

次に『お帰り』と言わんばかりに、二頭はひとしきり聖鷹を大歓迎している。

聖鷹に「出してあげてくれる?」と言われ、キャリーバッグを渡されて、咲莉は慎重にペット用キャリーバッグのジッパーを開けた。

中からミエルがぴょこんと頭を出すと、二頭の犬はちぎれんばかりに尻尾を振って大喜びし始めた。


とんとん拍子に初めての小旅行の予定が決まったものの、咲莉の一番の気がかりは、ミエルの世話をどうするかということだった。

普段なら皆川に世話を頼めるだろうが、あいにく、いまだ音信不通の状態だ。

しかし、意外にも聖鷹は『あ、大丈夫、連れていくよ』と当然のように言った。

なんでも、鞠子の家にはミエルも何度か一緒に行っていて、すでに二頭の犬とも大の仲良しなのだという。『猫は家につく』という話しか聞いたことがなかった咲莉は驚いた。

だが、確かにこうして連れてきてみれば、ミエルは二頭に大歓迎を受け、すでに三匹揃って窓際のソファでまったりとくつろいでいる。

まるで、ずっと昔からここに住んでいるみたいに微笑ましい光景だ。

鞠子の家には、住み込みで家事をする福田という中年の女性が一人と、それから咲莉も以前乗せてもらった、専属運転手の青井が常駐している。

少し遅めの昼食には、店で食べるような豪華な料理が並んで、食後のデザートワゴンまで出てくるのに感動してしまった。

福田の手作りだという美しいケーキを食べながら、鞠子が思い出したように言った。

「そういえば、皆川さんとまだ連絡はつかないの？」

聖鷹がかすかに表情を曇らせる。

「うん。病院にもその後は行っていないみたいだ。元気でいるといいんだけど」

行方不明者届を出した上で、有馬に頼めば、クレジットカードの履歴などからどこにいるのか行動が辿れるかもしれない。

だが、聖鷹は、今の段階でそこまでするべきか悩んでいるらしい。

(きっと、皆川さんが自分から連絡してくれるのを待ってるんだろうな……)

こんなに皆心配している。彼がなぜ身を隠してしまったのか、どうして連絡をくれないのか、咲莉には理由がわからない。

もし何か困っているのなら、事情を話して助けを求めれば、聖鷹たちはきっと力になってくれるはずなのに。

「連絡がついたら、ちょっととっちめてから、改めて快気祝いをしないとね」と言う鞠子は、少し寂しそうだ。

食事を終えてから、ミエルはどこかなと咲莉は視線を巡らせた。するすると、美味しいおやつをもらったあと、一匹の猫と二頭の犬は、再び日当たりのいい窓辺に行って、大きなペット用のベッドに揃って伸びていた。ちゃっかりと大型犬の間の一番いいところに陣取り、ミエルは気持ちよさそうに熟睡している。

ほのぼのするような光景に皆で笑い合う。起こさないように気遣いながら、仲のいい三匹の写真を何枚も撮った。

食後の茶を飲んでいると、ふいに聖鷹が「鞠子さん、ちょっと書斎の鍵を借りてもいい？」と言い出した。

「もちろんいいわよ、何するの？」

そばに来た彼に、キーケースから外した鍵を渡しつつ、鞠子が訊ねる。

「ちょっと、祖父さんと父さんのアルバムが見たいなと思って」と聖鷹は曖昧に答えた。

「咲莉くん、ごめん。少し鞠子さんの相手をしててあげて？」

すまなそうに言い、聖鷹が奥の部屋に向かう。

「まあまあ。じゃあ聖鷹さんがいない間に、咲莉くんに可愛いものを見せてあげるわね」

うきうきしながらそう言って、鞠子が居間のキャビネットの中に収められた分厚い冊子を纏めて取り出す。

なんだろうとどきどきしていると、彼女がページを開く。中はアルバムで、目がぱっちりとした愛らしい赤ん坊が、産着に包まれて笑っている写真が貼られていた。

「わ……可愛い……こ、これ、聖鷹さんですよね!?」

咲莉は思わず目を輝かせた。

「そうよ。この頃の聖鷹さん、我ながら天使を産んだかと思うほど可愛かったのよねえ」

にこにこしながら鞠子は自慢げに言う。

『K』という刺繍の入ったアルバムには、赤ん坊の頃からの聖鷹の写真が大事に収められていた。

若い頃の鞠子はハッとするような美女だった。彼女が抱いている聖鷹は、幼少時は女の子にしか見えないほどの愛らしさで、信じられないくらい可愛い。成長するにつれて、じょじょに男子っぽさが出てくるのだが、満面に笑みを浮かべた顔は気を失いそうなほどのスター性がある。彼が芸能界入りして、モデルや俳優にならなかったことを咲莉は疑問に思った。

時折一緒に写っている姉の絢美（あやみ）も、同系統の顔立ちで可愛らしくはあるのだが、やや澄ましている。無邪気な頃の聖鷹の放つ特別なオーラは別格だった。

だが彼の写真からは、小学校に入学して間もなく、笑顔が消えた。

それ以降の写真はほんの数枚しかない。家族の会食のような場ばかりで、ぎこちなく笑おうとしている写真はあれど、ほとんどが無表情だ。

一緒に写っている鞠子は激やせして、痛々しいくらいにやつれてしまっている。

咲莉が言葉を失ったことに気づいたらしく、鞠子が悄然として言った。

「ああ、ごめんなさいね。聖鷹さんの父親が亡くなったり、いろいろ事件があったりで、この頃は、ほとんど写真を撮っていないのよ」

「そうなんですか……」

誘拐事件と、父の死、そして、それにまつわる相続関係の出来事が、聖鷹たち親子にどれだけ大きなショックを与えたかがわかる。

まだ不幸が起こる前の、幼い頃の写真を見返す。今もとてつもないイケメンだが、何度見ても子供の頃の聖鷹は頬が緩んでしまう。

眺めているうち、小さな聖鷹が手を繋いだり、膝に乗せられたりしている男性の顔に、どこか見覚えがあることに気づく。

「鞠子さん、この人……」

「ああ、そうよ。皆川さんの若い頃。なかなかハンサムでしょう?」

やはりそうだ。聖鷹の父親かと思ったけれど、違った。スーツを着て、時には見切れたりしながら一緒に写っている中年の男性は、皆川だった。

今より二十歳以上も若い皆川は、優しい笑みを浮かべて、小さな聖鷹とともに写っている。

「いったい、どこに行っちゃったのかしらねえ……皆川さんはうちが一番苦しいときに、本当に親身になって私たちに尽くしてくれたのよ。体調面でも金銭面でも、言ってくれたら力になるのに」

鞠子は昔の写真を見て、悲しげに言う。

目当てのアルバムが見つからないのか、聖鷹はなかなか戻ってこない。

鞠子が茶と茶菓子の差し入れをさせたり、使用人に頼んで二度ほど声をかけてもらったが、しばらく経ってもまだ終わらないようだった。

「咲莉くん、そろそろこの子たちの散歩に行くんだけど、もしよかったら一緒にどうかしら？」

「あ、はい、ぜひ行きたいです！」

夕方になると鞠子に誘われて、咲莉は目を輝かせた。

シェパード二頭の散歩は、毎日、朝晩それぞれ一時間以上は歩く必要があるそうだ。雨の日も風の日も、台風や大雪など、どうしても外に出られない日以外は行くそうで、大型犬に縁のなかった咲莉はその世話の大変さに驚いた。

更に、散歩道の途中にあるドッグランにも寄って、二頭が大好きだというボールやフリスビーで遊ぶ。まだ若い二頭の体力は無尽蔵で、大はしゃぎで何度でも投げてとねだってくる。

(猫のお世話と、桁違いすぎる……!)

ミエルも元気に走り回るときはあるけれど、ほんのたまにだ。猫じゃらしを振ったり、おもちゃを投げたりするだけで、あとはほぼ一日中眠っている。

それなりに体力があるほうだと思っていた咲莉は、大吉たちのパワーに押されて、日が暮れる頃にはくたくたになってしまった。


「お帰り、咲莉くん、長々と放っておくことになっちゃって、本当にごめん!」

咲莉たちが散歩から帰ると、書斎から出てきた聖鷹が、慌てて謝罪してきた。すでに日は落ちている。アルバムを捜すのにかなり時間がかかったようだ。

「いえ、鞠子さんと大吉たちに相手をしてもらってましたから」

「咲莉くんはとっても楽しかったって言ってくれたわよ!」

宝物のアルバムを見せてくれた鞠子が胸を張って自慢げに言う。

邸宅の玄関脇には、犬たちの足を洗えるブースが備えつけられている。咲莉はそこで、鞠子が二頭の足を洗うのを手伝った。

聖鷹が使用人からタオルを受け取り、濡れた二頭の足をタオルで拭いていく。玄関を入ると、ミエルも尻尾を立てて出てきて、二頭に身をすり寄せてお帰りの挨拶をしている。

「こんなに長い間、鞠子さんと大吉たちの相手とか、退屈じゃなかった？」

皆でリビングルームに向かいながら、聖鷹が申し訳なさそうにそっと訊ねてくる。

「本当に楽しかったです、全力で遊んでもらいました」

咲莉は笑って首を横に振ってから訊ねた。

「捜し物、見つかりましたか？」

「……うん、おかげさまで」

答える聖鷹の表情が、かすかに曇った気がした。

用意された部屋は、本棟と通路で繋がった離れの客間だった。ホテルの一室みたいに立派な設えで、バスルームとトイレに簡易キッチンまでもが備えつけられている。

しかし、寝室のベッドはダブルより大きめサイズのものが一台だけだった。鞠子には聖鷹との関係をもうすっかり知られていて、『聖鷹さんをよろしくね』と受け入れてもらえているけれど、ここが彼の実家だと思うと、同じベッドで休むのは少々気恥ずかしい。

シャワーを使い終えて、豪華な夕食を堪能し、しばらく福太郎たちと遊んでから離れに戻る。ミエルは今夜は二頭の大型犬と眠るつもりのようで、離れについてこないのが少し寂しかった。

聖鷹と二人だけになると、備え付けのキッチンで茶を淹れ、ソファで隣同士に座る。

咲莉は今日、鞠子に見せてもらった子供時代の写真について話をした。彼は顔を顰め
「たぶん、鞠子さんは見せると思った」と苦笑している。

会話が途切れても、聖鷹は書斎で見つけたであろうアルバムの話はしない。

彼が何を探していたのかが気になった。

古い写真の中のやつれていた鞠子や、無表情の幼い聖鷹、若い頃の皆川の顔が頭をよぎったが、どれも会話に出すことはできず、咲莉はしばし黙り込む。

聖鷹も何か考えているようで、珍しくぼんやりしている。

「あの……」

「ん？」

思い切って話しかけると、彼がこちらに目を向けてくれる。

「まだ、聖鷹さんが何を危惧しているのか、教えてもらえそうにないですか……？」

躊躇いながら訊くと、彼は少し考え込んだあとで、立ち上がった。

手を引かれてついていくと、聖鷹は続き部屋の寝室に入り、先にベッドに横になる。おいでと手招きされて咲莉が隣に潜り込むと、ベッドサイドに手を伸ばした彼が、リモコンで天井のライトの明かりを絞る。辺りはうっすらもののかたちが見える程度まで暗くなった。

聖鷹が何かを悩んでいることがわかる。

しつこく訊かなければよかったかもしれないと咲莉が後悔していると、彼が口を開いた。

「……咲莉くん。もしも、僕がいきなりいなくなったり、たとえば死んだりしたら、悲しい？」

ぎょっとして、咲莉は慌ててがばりと身を起こす。

「な、なにを言い出すんですか……？」

咲莉は比較的、夜目が利くほうだ。薄闇の中で見つめると、横になったままの聖鷹が、怖いくらいに真剣な顔でこちらを見ていることに気づいた。

「聖鷹さんに、何かあったらなんて……考えたくないです」

真剣に想像してしまい、声が震えてしまった。

彼が「変なこと言ってごめん」と言って、座り込んでいる咲莉の手を引くと、自分のほうに引き寄せた。

もう一度おずおずと身を横たえた咲莉は、促されて、聖鷹の腕まくらに頭を預ける。背中を優しく叩かれて、ごめん、ともう一度謝る声が聞こえた。

「不安に思って当然だよね。訊くべきじゃなかった」

すまなそうに言ってから、彼は咲莉の手をそっと握る。しばらくしてから、その手を引いて、自らの腰の後ろ辺りに触れさせた。

「——聖鷹さん？」

戸惑ったが、筋肉がついて引き締まった腰に触れるよう促される。

「ここ……何かあるの、わかる？」

そう言われても、最初はわからなかった。けれど、上から手を重ねられて、そこを何度か撫でているうちに、骨ではない、硬いものがあることに気づく。

——皮膚の下に、百円玉くらいの大きさの、ごく小さな丸いものが入っているようだ。

「これ、なんですか……？」

「超小型の位置発信装置だよ」

想像もしなかった答えに、咲莉は驚愕した。聖鷹は冷静に説明してくれる。

「いくつかの技術を組み合わせてあって、居場所を高精度で特定できる。ボタン電池くらいの大きさをした最先端の開発品だから、普通に見ただけではわからない。日本で人体にこういうものを入れるのはまだ認められていないから、秘密にしておいてもらえる？」

母の鞠子以外は、誰も知らないという彼の秘密。

——彼が子供の頃に誘拐事件があったあとのことだ。

少し前に夫も亡くしていた鞠子は半狂乱になって、万が一攫われても息子の居場所がわかるような方法を、血眼になって探した。

当時は装置が今より大きかったので、聖鷹は腕時計型のものを常時つけさせられていた。その後、小型のGPS機能を持つ機器が開発されて、大学は留学することを鞠子に許可してもらうのと引き換えに、聖鷹はそれを埋め込まざるを得なかったようだ。

彼のいる場所を特定できる。昔はソフトが必要だったが、今では専用のアプリをスマホに入れて見つけることができるようだ。

「そんな大事なこと、俺が教えてもらっていいんでしょうか……？」

「うん。だって咲莉くんは僕の婚約者だし」

薄闇の中で微笑んだ彼が、咲莉を抱き寄せて、額にそっと口付けてくる。

「僕はいつ、どこに行ったことを知られても後ろ暗いところはないし……だったら、咲莉くんにだけは、居場所がわかるようにしておこうと思って」

聖鷹は、咲莉のスマホで彼の居場所を捜せるように、アプリを入れて設定もすると言ってくれた。

だが、その言葉を聞いて、咲莉は逆に、背筋が冷たくなるのを感じた。

「聖鷹さん……、今って、そんなに危険な状況なんですか……？」

落ち着かなければと思ったのに、訊ねる声は震えてしまった。

「いや、そういうわけじゃないよ。単に、咲莉くんにだけは伝えておこうと思っただけ」

聖鷹自身がどういう意味で言っているのかわからない。けれど、これは浮気防止とか、そういった意味合いのためじゃない。

――拉致や監禁など、犯罪に巻き込まれて、命の危険があるとき。彼を見つけるためのものなのだ。

「ごめんね、安心してもらいたかったんだけど、逆に不安にさせちゃったかな……もしものときのお守りだと思ってくれればいいから」

困ったように宥められたけれど、安心どころか、不安ばかりが募っていく。

咲莉は普段、とてつもなく寝つきがいい。布団に入ると間もなく睡魔に襲われる。

だが、その夜、大好きな聖鷹のそばだというのに、珍しく、どんなに頑張ってもまったく穏やかな眠りは訪れなかった。


カーテンを閉めたままの部屋はまだ暗い。

「聖鷹さん……？」

翌朝、咲莉は寝ぼけた頭で起き上がった。

いつの間に起きたのか、隣で眠っていたはずの聖鷹の姿はすでになかった。その代わり、ベッドの足元でミエルが丸くなって寝ている。

ぼんやりしたまま時計を見て、一瞬で咲莉は覚醒した。

「え……う、嘘……！」

時計はすでに十時を指している。これまで、目覚ましをセットしなくても朝は決まった時間に目覚めていた。こんなに寝過ごすなんて、生まれて初めてだ。

大慌てで着替えて本棟に向かうと、ミエルが伸びをしてとことこと後ろをついてくる。

リビングルームでは、茶を飲んでいた鞠子と、ご機嫌な大吉たちが迎えてくれた。

「咲莉くん、おはよう。よく眠れた？」

「おはようございます、すみません、よく寝すぎて、寝坊してしまいました」

「いいのよ、くつろいでくれたなら何よりだわ。すぐに朝食の用意をしてもらうわね」

鞠子は立ち上がり、キッチンにいる福田に声をかけている。「あの、聖鷹さんは……？」と訊ねると、鞠子は少し困ったような顔になった。

「さっき、ちょっと用があるからって出かけたわ。戻るまで咲莉くんをよろしくって言われたけれど」

急いでスマホを見ると、何件か通知がきている。聖鷹からもメッセージが届いていて、急いで開いた。

『起こさなくてごめん。ちょっと不動産関係の仕事で急ぎで都内に戻らなくちゃいけなくなった。今日中に迎えに戻るから、それまでミエルと一緒に鞠子さんの家で待っていてほしい』

咲莉の顔が強張ったのに気づいたのか、鞠子が「どうしたの？　なんて書いてあった？」と心配そうに訊ねてくる。

「聖鷹さん、仕事の用事で東京に戻ったそうです……」

呆然としながら、メッセージの画面を見せて伝えると、鞠子は眉根を寄せた。

「あら、どうしたのかしら……不動産部門にはちゃんと担当者がいるのに。皆川がいなくても、聖鷹さん自身が行かなきゃいけないことなんて、今はないはずだけれど……」

彼女は怪訝そうに首を傾げた。

他にも届いている通知を確認する。一件は大学の友人である衣笠（きぬがさ）からのたわいもないメッセージで、もう一件の見慣れない通知を開く。

それは、本来の住まいである聖鷹のマンションの、警報装置からの発信だった。

まだ恋人になる前、彼の部屋で居候させてもらうことになったときのことだ。合鍵をくれた聖鷹は、咲莉のスマホにも警報装置のアプリを入れてくれた。これまで使う機会はなかったけれど、いざというとき、スマホを使って警報を解除したり、鍵をかけたりもできるからと聞いていた。

——届いた通知は『鍵が開いたが、制限時間内に警報装置が解除されていない』という警告だった。

（まさか……誰か、マンションに入った……？）

咲莉はハッとして、鞠子を見た。

「ど、どうしたの、咲莉くん、顔が真っ青よ!?」

「ま、鞠子さん、聖鷹さんのいるところを、今すぐ捜したいんです」

悲壮な顔で咲莉が頼むと、彼女も顔色を変えた。福田に聞こえないよう、奥の部屋に入って扉を閉めると、「咲莉くんも、聞いたのね」と言って、無言でスマホを操作する。

きっと彼が秘密を教えてくれたのは、本当にただ咲莉を安心させるためだったのだろう。だが、不測の事態だとしたら、『万が一のとき』は、まさしく今だ。

鞠子が聖鷹の居場所を捜すとスマホの画面に地図が表示される。拡大していくうち、見覚えのある場所だとわかって、咲莉は目を見開いた。

やはり、彼の腰に埋め込まれた位置発信装置は、警報が届いた自宅マンションの辺りを指し示していた。

仕事で都内に戻る、と言った彼は、なぜか『危険だから戻らないように』と咲莉に言い含めていたマンションにいるのだ。

それを知って、咲莉の頭から血の気が引いた。

聖鷹自身が普通に入ったなら、警報を解除しないわけがない。おそらく、実家の書斎で、なんらかの事実を知り得たことで、彼は急いでマンションに戻らなければならなくなった。

――そこに、予想外の侵入者が来てしまったのではないか。

聖鷹に電話をかけてみても、『ただいま電話に出ることができません』という機械音声が応じるだけだった。

「どういうこと？　聖鷹さんが自分のマンションに戻ったらいけないの？」

心配そうな鞠子に訊かれて、咲莉は警報の件を伝える。

「ああ、だったら大丈夫よ。警報装置は警備会社に繋がっているから、もし何かあったら、すぐに警備員が行くわ」

息子に位置発信装置を埋め込むほど過保護の塊なはずの鞠子は、なぜか落ち着き払っている。

「で、でも、俺、心配だから戻ります」

「じゃあ、青井さんにお願いするから、送ってもらいましょう」

あっさりと同意されて、止められても戻るつもりだった咲莉は面食らった。

「咲莉くんは、止めても行くっていう顔をしているから」

鞠子は微笑んで言った。頼まれた青井が、すぐに車を表に回してくれるという。持っていけるよう、福田に朝食のサンドイッチを包んでもらいながら、鞠子が言った。

「聖鷹さんが子供だった頃や、海外留学をしていたときは、心配でどうしようもなかったのよ。しかも、その頃、飼っていた犬が天国に行ってしまってね。つらくてたまらなくて、お願いだから帰国してって、聖鷹さんに電話で泣きついたの。そうしたら、就職も決まっていたんだけれど、大学卒業後は日本に戻ってきてくれることになったのよ。私はホッとしていたんだけれど……帰国した聖鷹さんに、こう言われたの」

鞠子は言葉を切り、咲莉の目を見て言った。

「『もう息子は死んだと思ってほしい。僕の生死の心配ばかりして毎日を無駄にせず、自分の人生を生きて』って」

衝撃的な言葉だった。

固まっている咲莉に、鞠子は少し寂しそうに微笑んだ。

「自分が聖鷹さんにどれだけ負担をかけていたか……本当に、この子は私の手を離れてしまったんだわと気づいたの。そうしたら、なんだか急に吹っ切れて。大吉たちや、福田さん、青井さんたちが支えてくれるおかげも大きいと思うけれどね」

彼女は表情を引き締めると、淡々と続けた。

「聖鷹さんは有馬くんとも知り合いよ。警察だって呼べるけれど、呼んでいないのでしょう？　きっと何か、警察沙汰にしたくない理由があるんじゃないかしら……大丈夫、そう無茶はしない性格だし、ちゃんと考えているはずよ」

ともかく、咲莉くんもぜったいに無茶はしないように。

もし何かあったら、躊躇わず、すぐに警察か有馬くんに連絡を。

そう言い含める鞠子に見送られて、咲莉を乗せた黒塗りの車は、鎌倉の家を出た。

『気をつけて、でも、できる限り急いであげてちょうだいね』と鞠子に頼まれた青井は、安全運転ながらも、高速道路をスムーズに飛ばした。

後部座席に乗った咲莉の隣には、ペット用キャリーバッグに入ったミエルもいる。

出発前には、わずかでも危険がありそうなら、ミエルはいったん鞠子の家で預かってもらい、あとで迎えに来ようと思っていた。けれど、どうやらミエルは鞠子との会話を聞いていたらしい。咲莉が帰る様子を見せると、ミエルは頑としてそばから離れなくなった。抱っこして預かってくれようとした鞠子や福田を珍しく威嚇するほどで、しまいには自らバッグの中に入って『自分もぜったいに帰る』という意思表示をした。これで置いていけるわけがなく、咲莉は白猫を連れて帰ることを決めたのだった。


幸い、平日で道が空いていたこともあり、車は来たときの半分ほどの時間で聖鷹のマンションに到着した。

咲莉は緊張の面持ちで、ドアの鍵を音を立てないように開けた。すぐに警報システムを確認すると、すでに解除されている。それを見て、咲莉の背筋は冷たくなった。

——誰かが中にいる。

先ほどスマホにきた通知は『ドアが開錠されたが、警報装置が解除されていない』というものだった。

つまりその後、暗証番号を知っている人間が、中に入って操作し、警報を止めたのだ。

家の中にいるのが聖鷹だけならいい。

それとも、別の誰かもいるのだとしたら。

息を殺して中に入り、そろそろと咲莉は通路を進む。

手には防犯ブザーを握り締め、肩にかけたミエル入りのペット用キャリーバッグを抱きかかえるようにして歩く。

(お願いだから、鳴かないでね……)

当然のことながら、本当ならミエルには、安全なところで待っていてもらおうと思っていた。

だが、マンションの前に着き、車の中に置いていこうとすると、ミエルはびっくりするような大声で鳴き出した。慌てて咲莉がバッグを持つとすぐに大人しくなる。こんなことはこれまでに一度もなかったのに。

確実に、『一緒に連れていって』と言っているのだ。

仕方なく、部屋に入ったらぜったいに鳴いては駄目だよと言い含めてから連れてくるしかなかったのだ。

青井には、マンションのドアの前で待機してもらっている。

『何かあったらすぐに入りますので』と言う硬い表情の青井から渡されたのは、防犯用の無音ブザーだった。それを押せば、外にいる彼に危機が伝わる。その場合は、青井が警察に通報して、乗り込んでくれる手はずになった。

咲莉がおそるおそる廊下を進むと、居間のほうからかすかな物音がした。

人がいる気配がする。一人ではなく、二人以上の人間がいて、何か話しているようだ。

鞠子が教えてくれた位置発信装置の情報からしても、一人は間違いなく聖鷹だろう。

その他の人物は、誰なのか。

咲莉はいるかもしれない人物を思い描いて、気持ちが暗くなるのを感じた。

（……真正面から乗り込んでいくのは、さすがにまずいよね……）

気づかれないように物陰から覗いて、もし危険があれば、このブザーを押さねばならない。

ふとあることを思い立って、階段のある場所まで密かに回り込む。メゾネットになっている二階に上がり、そこから下の様子を覗こうと考えたのだ。

階段の脇にしゃがみ込み、階段の手すりの飾り穴から下を覗くと、リビングルームにはやはり、聖鷹が立っていた。

無事な彼を見てホッとしたのもつかの間、少し離れた床には、黒っぽい服を着た見覚えのない中年の男が転がっているのに驚愕する。しかも、その男は両手を縛られているようだ。

——そして、その男のそばに、もう一人の男が立っている。

それは、どこか憔悴した様子の皆川だった。

いつもきちんとしたスーツ姿の彼は、珍しくシャツにジャケットという私服だ。しかも服にはしわが寄っていて、かすかに乱れた髪からも、本調子ではないことが伝わってきた。

怪我をしたのか、皆川は腕を押さえている。

「……そいつは知り合い？」

聖鷹が冷静な声音で訊ねると、皆川が青い顔で頷いた。

「はい。親の再婚でできた妹の子で、血は繋がっていませんが……不肖の甥です」

(皆川さんには、甥っ子さんがいたのか……)

だが、それが拘束されて転がっている男だという。

皆川にはもう身寄りはいないはずだが、親族ではないので伏せていたのだろうか。しかも、なぜその甥が、聖鷹の部屋で、縛られているのか。

咲莉は息を殺して会話を聴いた。

「甥がどこからか入院のことを知り、見舞いに来てくれたときは、驚きましたが、嬉しくもありました。ですが……こいつは、私が身動きがとれないのをいいことに、勝手に荷物を探って、聖鷹様のマンションの鍵を持ち出してしまい……本当に申し訳ない限りです」

急いで取り返さねばと退院したが、甥とは連絡が取れなくなっていた。皆川が警報装置の通知で気づき、慌ててこのマンションに着いたときには、すでに甥は侵入したあとだったらしい。

事情を話す皆川は苦渋の表情を浮かべている。

「子供の頃は可愛がっていたし、これまでずっと仕送りを続けてきたので、話せばわかるかと思っていたんですが……」

「義理とはいえ、伯父にナイフを向けるなんて恩知らずな奴だな。僕が間に合わなかったら、皆川を殺してでも金を手に入れようと考えていたのかも」

どうやら、皆川の甥を捕らえたのは、あとからマンションに着いた聖鷹だったらしい。

思ったよりもかなり危険な状態にあるとわかり、咲莉は今すぐ無音ブザーを押して、青井に通報してもらうかを迷った。

「……いつ、私と桜小路家との関わりに気づかれたのですか」

考えているとき、おそるおそるといった皆川の問いかけが聞こえてきて、咲莉はハッとした。

「つい先日だよ……君が祖父の愛人の義兄だと知ったのは」

咲莉は思わず息を呑むが、聖鷹の声は冷静だった。

「君が退院を早めた上に、音信不通になったときに、いったい何があったんだろうと心配になった。そこへ、有馬が小川陽介が新たな証言をしていると教えてくれたんだ」

小川陽介は、二十三年前の火事の際、桜小路家の別荘にケータリングの料理を届けていたことが判明している。

しかしアリバイがあって、彼には火事を起こすことはできない。自分が火事には無関係だと立証されたあとで、陽介は『皆川は、妾腹の美沙子の恵まれない境遇にやけに同情していた。それで、交際相手の自分にも仕事をくれた』と言い出したらしい。

聖鷹は淡々とした口調で続けた。

「以前、陽介が火事の当日に桜小路家の別荘に出入りしていたことがわかったとき、ケータリング会社を選んだ皆川は『美沙子の交際相手だとは知らなかった』と言っていたよね。それで、ふとおかしいなと思ったんだ。本当は直接君に小川の記憶違いなのかを確認したかったけど、連絡が途絶えてしまったから……有馬に頼んで、君の経歴を洗い直してもらったんだ」

上から覗いている咲莉の目に、皆川がびくりと身を縮めたように見えた。

「戸籍でも住民票でも、君の経歴には不明な点はなかった。そのときまでは、君が誰の関係者なのかはわからなかった。ただ、年齢的に、関わりがあるのなら祖父の代だろうと思った」

　聖鷹は苦い顔で続けた。

「祖父は手紙のやりとりを好んでいて、よく愛人にも手紙を送っていた。何か手がかりがないかと鎌倉の家に行って、祖父が遺した手紙を探したんだ。すると、愛人の一人だった谷口栄子（たにぐちえいこ）という女性には、祖父に見初められる前に、別の男性との間にできた子がいたらしいとわかった」

　聖鷹はちらりと皆川の背後に目を向ける。

「――それが、そこに転がっている谷口泰介（たいすけ）だ」

　聖鷹は鎌倉の家に戻り、鞠子が処分せずに保管していた桜小路家の祖父が遺した手紙を検めた。そこには栄子からの手紙もあった。

　先々代の桜小路家当主の愛人だった栄子は、病気で亡くなる前、自分の子に何か仕事を与えてやってほしいと何度も手紙で頼んでいた。その栄子の手紙の中に、なぜか皆川の名前があった。怪訝に思った聖鷹が改めて栄子との関係を調べたところ、皆川は、栄子の息子である泰介の身元保証人になっていることがわかったのだという。

（え、それってどういうこと……？）

　息を殺して二階から話を聴きながら、咲莉は心臓がバクバクするのを感じた。

聖鷹は落ち着き払った口調で続けた。

「美沙子さんの件の犯人捜しのときに、しらみつぶしに捜したけど、内縁の関係者までは調べ切れなかった……皆川は、僕の祖父の愛人だった栄子さんの、義理の兄だったんだね」

聖鷹の言葉に、皆川ははい、と静かに頷いた。

——聖鷹の父、鷹重が亡くなった事件のあと、一族の関係者は改めて一人残らず詳しく調べられた。もちろん、鷹重の父の愛人、谷口栄子もだ。

皆川は、亡き母の再婚によって、栄子と血の繋がらない兄妹になった。幼少時から一緒に育ったが、二人の親は内縁関係で籍を入れていなかった。そのため、皆川の存在は、桜小路家の調査には引っかからなかったようだ。

「何か知られたくないことがあるんだな、と思ったきっかけは、君が不自然なほど急いで退院して、更に姿をくらましてしまったことからだった。だけど……最初は、誰かに脅されているのかと思っていた。まさかだったよ」

「ずっとお伝えできずにいて、申し訳ありませんでした」

皆川は、苦い顔でこれまでの事情を語り始めた。

彼は元々、母一人子一人の貧しい家に生まれた。

母の再婚後も父の籍には入れてもらえず、妹が増えて、生活費はかさむだけだった。

だが彼は、懐いてくれた栄子を可愛がった。奨学金によって、どうにか貧乏暮らしから抜け出した皆川は、苦労の末に一流ホテルに就職してキャリアを積んだ。その頃、高級クラブで働くようになった栄子が、高齢の富豪の愛人となったことを知った。十代で出産し、シングルマザーとして再婚相手を求めていた栄子は、桜小路家当主との交際に、有頂天だった。

——だが、甘い言葉を吐いて結婚の夢まで見させておきながら、桜小路家前々当主は栄子を好きなように弄んで、飽きると捨てたのだ。

栄子は心を病んで働けなくなった。皆川は不遇の妹と甥に同情して、二人の暮らしを支えながら、不実な聖鷹の祖父を激しく恨んでいた。

栄子の元には、結婚や婚約の話をするたくさんの手紙が残っていた。皆川が、これをもとに婚約不履行で訴えられないかと考えていたときだ——運悪く、桜小路家の前々当主が亡くなったことを知ったのは。

皆川はやむを得ず、すべての財産を受け継いだ聖鷹の父と接触するために、ホテルを辞めて、桜小路家の使用人として働き始めた。しかし、鷹重の頑なな性格を知り、まともな方法では婚約不履行の賠償金の話し合いなどできそうにないとわかった。

彼は身元を隠して桜小路家で働きながら、鷹重や妻の鞠子から厚い信頼を受けるようになった。調べを進めるうち、祖父の兄弟たちについても知ったが、誰もが強欲で、財産を受け継いだ鷹重を憎んでいた。

しかし、彼の味方になってくれる者はいそうにない。

そんなときに、栄子と似たような境遇だった母から生まれた、鷹重の非嫡出子である美沙子の存在を知った。同情もあり、また手を組めないかと考えて、自らの出自は伝えないまま彼女に近づき、美沙子の交際相手が営むケータリング会社に、定例会のための料理を依頼した。

その夜は桜小路家の男たちが別荘に集まり、今後の会社の方針を話し合うことになっていた。

皆川の前で、桜小路家の男たちは、鷹重の愛人だった女性の凋落をあざ笑い、その子である美沙子には、弁護士に命じてあらゆる手段で桜小路家の財産を渡さないようにという話し合いをしていた。いっぽうで身内には極めて甘く、鷹重が席を外すと、残りの者は裏金づくりの話し合いを進めた。全員、自分たちの豊かな懐をよりいっそう潤すことしか頭にない悪魔だったのだ。

美沙子の母に妹の姿を重ねて、皆川の怒りは頂点に達した。

皆川はその夜、鷹重と二人だけになった際、自分の義理の妹である栄子のことを訴えた。

鷹重は驚いた顔で、『弁護士に伝えておく』とだけ言って、あっさりと受け流した。

数年の間、そば近くで仕えていた皆川には、それが彼が話をごまかし、まともに受け入れないときの答え方だとよくわかっていた。

「……正直に言えば、あのときは鷹重様に殺意が芽生えました。ですが、自分が罪を犯したら、泰介はどうなるのかと思いとどまったんです」

皆川は苦い顔で言う。彼はどうにかこらえたが、危険を感じたのか、鷹重は皆川に急ぎの用事を言いつけた。そのため彼は幸か不幸か、本邸に戻るため、桜小路家の男たちが酒盛りをしている間に別荘を出ることになった。

別荘から火が出たことを知ったのは明け方で、皆川が戻ったときには、すでに別荘は全焼したあとだった。

一族の中には喫煙者が多く、タバコの火の始末が適当な者もいた。皆川がいるときは常に火の始末に気をつけていたが、おそらく誰かが、完全に火の消えていないタバコを放置して眠ったのだ。

手を組めればと考えていた美沙子には、鷹重亡きあと、一定の財産が入った。彼女はもう皆川の側の人間ではなくなり、味方に引き入れることは諦めた。

「……両親が事実婚なので、私と妹との関わりに、公的な証拠はありません。まさか奥様が、前々当主と栄子とのやりとりの手紙を、今に至るまで処分せずに保管していらっしゃるとは、思いませんでした……」

皆川は悲しげな顔で言う。

「泰介は、私にとっては可愛い甥ですが、何をするかわかりません。事件を起こす前に止めたかったのですが、話し合いができず、揉み合いになってしまったんです」

「……違うだろう、皆川」

聖鷹は静かな声で言った。

「君は、消したいものがあって、この部屋に自らやってきた。そこへ、偶然甥も来て、鉢合わせになったんだ。消したかったのは、貸金庫にすべて預けてあったのを僕が引き取ってきた、父の金融関係の書類だ。父亡きあと、君が桜小路家の不動産を勝手に貸与して、利益を得ていた証拠だよね」

聞き耳を立てていた咲莉は息を呑んだ。

ミエルがバッグの中でもぞもぞするので、慌てて床に置いて、シーというしぐさを見せる。

——皆川は、妹と甥を思いやるだけの優しい男ではなかったのか。

「どうしても、金が必要で……病気で介護が必要になった栄子の父と、無職の甥の生活費として渡すためだったんです」

皆川は、仕事とはいえ、自分に懐いてくれた幼い聖鷹をことのほか可愛がっていた。

しかも、鷹重亡きあと、鞠子は使用人たちに手厚く接し、給料もボーナスもじゅうぶんに出してくれた。聖鷹に仕えるようになって、更に給料は上げてもらえた。皆川はそのおかげで、桜小路家に尽くすだけで、栄子の父と甥への援助もしてやることができるようになったのだ。

栄子の父を見送ったあと、心を入れ替え、不法な資産運用は数年できっぱりとやめた。

彼の罪は、聖鷹の父である鷹重の執事となって信頼を得、鷹重亡きあと、桜小路家の持ち物となった各地の物件のいくつかを管理を任されているのをいいことに、勝手に貸し出して利益を得ていたことだったのだ。

「鞠子さんは、気づいた顧問弁護士から助言されて、知っていたみたいだよ」

「え……お、奥様が……？」

聖鷹の言葉に、皆川が驚愕したように目を瞠る。

「うん。でも、君は僕たち親子のために、長い間昼も夜もなく、誠心誠意尽くしてくれた。調べさせたけど、税金関係もうちには一円の損害もないよう手を回していたみたいだし、その後は、大金を任せても決して抜くことはなかったから、目を瞑って働き続けてもらったって言ってた。当時、僕たちには本当に信頼できる人が少なかった。金の亡者ばかりで、誰も彼も信じられなかったから。皆川のしたことは大したことじゃないと受け入れたんじゃないかな」

そう言うと、聖鷹は小さく息を吐く。

「でも、『困っていたなら打ち明けてほしかった』って言ってたよ」

皆川ががっくりと項垂れた。

「私は……捕まることは、怖くなかったんです。ただ、聖鷹様と、奥様の下で働き続けたかった」

皆川は涙ながらに言う。

彼にとって、罪を暴かれることより、退職させられることのほうがずっとつらかったのだ。

「これまで、皆川には僕を脅すチャンスも、殺す機会もいくらでもあった。不動産も売ったわけではなく、貸し出すことで流用していただけだ。咲莉くんにもミエルにも優しくて、二人とも懐いていたし……」

自分に言い聞かせるようにしてから、聖鷹は息を吐いた。

「父を殺したのは君じゃないと信じるよ」

「聖鷹様……」

皆川が驚いたように呟いた。

「栄子さんには、祖父が本当に申し訳ないことをしたと思う。他にも、たくさんの女性に不義理を働いて、きっととても恨まれていたはずだ。孫として謝罪したい。その代わりというわけじゃないけど、彼女を支えてくれた君がうちの財産を流用して金を得ていたことは、不問にさせてもらう。栄子さんへの償いの代わりだ」

予想外のことだったのか、皆川は呆然としている。

「ただ、そこの甥についてだけは、不法侵入罪で裁いてもらわなくちゃならない」

聖鷹の言葉に、皆川は苦渋の顔で何度も頷いた。

(よかった……)

こっそり上から覗いていた咲莉も、涙ながらに息を吐いた。

そのとき、彼らの足元で転がっていた男——皆川の義理の甥である泰介が、かすかに動いたように見えた。

(あれ……拘束、解けちゃってる……?)

男は辺りの様子を目だけでうかがっている。おそらくは逃げようと思っているのだろう。皆川は今本調子ではない。ちょうど皆川で死角になっていて、聖鷹は泰介の動きに気づいていないのではないか。

(あの人が逃げようとして、また争いになったりしたら……)

聖鷹が怪我をしたらと思うと、頭から血の気が引く。もちろん、皆川にも怪我をしてほしくはなかった。

迷う間もなく、咲莉が立ち上がったときだ。

「ミャー!!」と、いきなりミエルが鳴き声を上げて、ぎょっとした。

とっさにこちらを見上げた聖鷹と目が合うと「咲莉くん!?」と彼は驚愕した顔になった。

咲莉は目に映ったものにハッとした。

「聖鷹さん、危ない‼」

彼の目がそれた隙を突いて、泰介が立ち上がって聖鷹に向かって駆け出そうとしたのだ。

大声を上げた咲莉の目に、聖鷹が殴りかかろうとした泰介の攻撃をかわし、再び床に押しつけるところが見える。

ホッとして、加勢しなくてはと階段を下りかけた咲莉の足がもつれた。ずっとしゃがんでいたせいか、足が痺れてしまっていた。

そう気づいたときは、遅かった。

「わ、あああああっ‼」

とっさに突いた手に、勢いがついた全身の体重がかかり、手首にズキンと衝撃的な痛みが走った。

視界が反転し、緩くカーブした階段の一番上から、一気に転がり落ちる。

「咲莉くん‼」

「山中様‼」

途中の段に思い切り頭をぶつけたショックで、咲莉の意識は遠のいていく。

聖鷹と皆川が呼ぶ声が聞こえたのが最後だった。

＊

原稿の見直しをしていた咲莉は、ふとノートパソコンの画面から目を上げた。そばでは、ちょうどエアコンの暖かい風が当たる場所にふかふかのベッドを置いてもらったミエルが、幸せそうに丸くなっている。

高層階にあるマンションの窓から、ぼんやりと外の様子を眺める。寒さがだんだんと本格的になり、世間の装飾はすっかりクリスマスカラーになっていた。

――聖鷹が皆川の罪を暴いたあの日。勝手に聖鷹を追いかけてきて、自ら足をもつれさせた咲莉は、階段から勢いよく落ちた。

階段の真下近くにいた皆川は、咲莉を助けようとして駆け寄った。その結果、落ちてきた咲莉と強くぶつかり、なんと肩の骨を折ってしまった。

すぐに二人とも救急車で運ばれたが、咲莉のほうも手首を骨折し、足首にはヒビが入っていた。

だが、首の骨が折れなかったのは、床に落ちる前に衝撃を和らげてくれた皆川のおかげだったようだ。

聖鷹は捨て身で咲莉を助けてくれた皆川に深く感謝した。当初告げた通り、彼の罪は不問にするようだけれど、皆川自身は肩の骨折が治ったら自首するつもりらしい。私文書偽造と横領の罪が成立するが、被害者の聖鷹も鞠子も情状酌量を求める気でいるので、微罪で済むはずだ。

入院中のことはすべて桜小路家で持つ。罪を清算したら、皆川にはまた必ず戻ってきてほしいと伝えてあるそうだ。咲莉も、その日を待っている。

『頭には大きな怪我がなくて本当によかったよ。皆川がいなかったらどうなっていたと思う？　もうこんな無茶は本当にやめてほしい』

心底心配そうに言って、病院に付き添ってくれた聖鷹の目は、潤んでいた。

咲莉の手首の怪我は手術が必要だった。手術と入院の同意書を書いてもらうために、祖母が呼ばれた。お盆ぶりに会った祖母を心配させてしまい、咲莉は申し訳ない気持ちでいっぱいになった。

しかも足のほうも、しばらくの間は松葉杖生活だ。

片手でしかキーボードを使えないと、執筆もはかどらない。もちろん松葉杖なしで歩けるようになるまで、バイトもできない。

初めての骨折は持続的な痛みがあり、想像以上につらかったけれど、聖鷹がその不自由さを上回るくらいにかいがいしく世話をしてくれた。

大学のほうは、これまで皆勤だったから単位は足りるはずだが、これ以上休むわけにはいかないと、松葉杖で必死に通った。

そうして、階段から落ちた日から一カ月が経ったつい数日前、ようやく足のギプスが取れた。

定期的な形成外科の診察では、手首の骨も順調にくっついていると医師に言われて、咲莉は嬉しくなった。


「お帰りなさい、聖鷹さん」

咲莉はまだ少し重い足をどうにか動かして、玄関まで彼を迎えに出た。

「ただいま」と言って、聖鷹はホッとした顔で咲莉を抱き締める。

ここのところはいつも少し早めに店を閉めている彼は、片付けを済ませると、今日も急いで咲莉たちの待つマンションに帰ってきた。

二人と一匹が今暮らしているのは、一時的な移住先のはずだったタワーマンションの一室だ。暴漢が入ったこともあるが、咲莉の世話をする上で狭いほうが都合がいい。そして何より、咲莉が階段から落ちたことがショックだったらしく、聖鷹がもうしばらくの間はこっちに住もうと言い出したからだ。

「ああ、なんだかいい匂いがする。また無理してごはんを作ってくれたの？」

そう言いながら、彼はしゃがんでミエルを撫でた。咲莉は申し訳ない気持ちになりながら頷く。

「すみません、でも、またカレーなんです。ピーラーなら左手でも使えるから」

「メニューなんてなんでもいいよ。でも、悪化したらまた痛みが長引くから、無理はしないで」

聖鷹は、まだスムーズに手が使えない咲莉が作ったいびつな形の野菜入りのカレーを絶賛して、美味しいよと笑顔で食べてくれた。

咲莉が怪我をして、皆川が自首し、誰よりも大変だったのは聖鷹だ。

彼は咲莉が役立たずの間、家のことも店のこともすべて自分でやり、更には皆川に関わる事件の事情聴取まで受けていた。

それでも、文句一つ言わずに献身的に咲莉の世話を焼いて、毎晩のように「咲莉くんが無事でよかった」と言ってくれる。

手首の完治まではもう数週間というところで、さすがにまだバイトに復帰するのは許してもらえない。けれど、ならばせめて家事くらいはやらねばと、咲莉は手首に負担のかからない範囲でせっせとこなしていた。

咲莉がバイトに出られなくなると、なぜかミエルもクイーン・ジェーンに出勤しなくなった。いつもなら自らペット用キャリーバッグの中に入って待つのに、聖鷹がいくら呼んでもまったりと猫ベッドに陣取って出かけようとはしないのだ。

「咲莉くんが家で寂しいといけないから、一緒にいようと思っているのかもね」と聖鷹は苦笑していたが、それもあながち間違いではないかもしれない、と思う。

なぜなら、聖鷹が皆川と対峙したあの日、拘束を解いた泰介は、もう一本ナイフを隠し持っていたのだ。泰介が危険だと気づいて咲莉が声を上げるよりも早く、ずっと大人しくしていたミエルが迷いもなく大声で鳴いた。

小さな白猫は、キャリーバッグの窓からすべてを見て、まさか何もかもを理解していたのだろうか。

本当に、不思議な猫だ。


「今日は大河内(おおこうち)さんが可愛いお孫さんを連れてみえたよ」

聖鷹の話に咲莉は頬を緩めた。孫はまだ三歳の女の子で、大河内は猫可愛がりしているそうだ。常連客の名前を出されると、もう一カ月以上もの間出勤できていない店が懐かしくなった。

「あ、衣笠が一社目の内々定が取れたそうなんです」

「それはおめでたいね。彼は何系を志望してるんだっけ？」

食事をとりながら、聖鷹とそれぞれ離れて過ごしていた一日の出来事を話す。

今日は一コマだけ講義に出たあと、咲莉は家で家事をしたり、更なる改稿を進めたりしていた。

まだ不可能な家事も多いので、できることはせめて丁寧にやろうと気を配っているが、聖鷹は咲莉がアイロンがけしたシャツやエプロンまで褒めてくれてくすぐったい。

「……もしかして、今日、何かあった？」

何げない会話の合間に、ふいに訊ねられて、咲莉はどきっとした。隠せていると思っていたけれど、聖鷹にはわかってしまったようだ。

「もちろん、言いたくないなら言わなくてもいいんだよ。話したくなったら話して？」

聖鷹が気遣うように言う。

「いえ、あの……実は、今日編集長から電話がきて、改稿を重ねていい感じに纏まってきたので、今回のお話をデビュー作として、来年の春頃に出しましょうって」

「よかったじゃないか！　だったらお祝いしなきゃ。明日、ケーキを買ってくるよ」

聖鷹が満面に笑みを浮かべる。それから「でも、どうして沈んでいるの？　何か気になることでもある？」と不思議そうに訊ねられた。

デビューが決まったのは、もちろん途方もない喜びだった。けれど、帰ってきたら聖鷹に報告しようと思っていた直後、衣笠からきたメッセージに咲莉は仰天した。

「今日、俺が毎年応募していたミステリー大賞の結果が発表されたんですけど、衣笠から、同じ大学の一年生が受賞したって教えてもらったんです」

近年の小説賞の中では賞金額がもっとも高額で、その賞でデビューした作家は次々と注目作を発表し、映画化やドラマ化など華々しく活躍している者が多い。その、咲莉が憧れていた賞を、二歳も年下の、しかも同大生が受賞したのだ。

「そっか、咲莉くんもそっちに応募してたら、どうなっていたかわからないよね」

すまなそうな聖鷹の言葉に、咲莉は慌てて「ち、違うんです！」と首を横に振った。

「児童文学の賞を取れたのは、アドバイスをくれた聖鷹さんのおかげです。俺の投稿作がミステリー大賞には合ってなかったっていうのは、自分でも納得してるんです。ショックだったのは、そのことじゃなくて……」

自分の気持ちが纏まらず、考えながら咲莉はたどたどしく思いを口にした。

雑談の中で、編集長からは『デビュー作はできれば学生時代、しかも十代のほうがよりいい』と言われていた。咲莉は学生ではあるものの、すでに二十一歳だ。

最難関の賞を、大学一年の十代で受賞した後輩は、編集長が提示したルートのど真ん中を突き進んでいる。

「きっと、大学受験の時期と被っていて大変だっただろうし、すごいなと思ったんですけど、なんていうか……」

真面目な顔をして聴いてくれていた聖鷹が「デビュー作が出る喜びが、ちょっと薄れちゃった？」と訊ねてくる。

「嬉しさが減ったわけじゃないんです。ただ、やっぱり羨ましいっていうか、複雑な気持ちになっちゃって……、そんなふうに思う自分が嫌だなって」

悄然として伝えて、咲莉はうつむいた。

後輩の受賞を知ったとき、正直に言えばショックだったし、一瞬だが、妬ましいという感情も湧いた。すぐに打ち消したけれど、本当は、こんな負の感情を抱いてしまったことを、聖鷹には知られたくなかった。

だから、明日にでも気持ちを切り替えて、デビュー時期が決まった話だけを伝えようと思っていたのに。聖鷹があまりに優しく耳を傾けてくれるから、つい心の内をすべて口にしてしまった。

（……こんなこと考えるなんて、嫌われちゃったかもしれない……）

おずおずと視線を向けると、なぜか聖鷹は両手で顔を覆っていた。

「聖鷹さん……？」

「ああ、ごめん。ちょっと咲莉くんの心が綺麗すぎて、胸が苦しくなった」

わけがわからないことを言って、手を外すと、彼は軽く頭を振ってからまた真面目な顔になった。

「そうだね、婚約者として慰めるのと、年長者としてアドバイスするのと、どっちがいい？」

予想外のことを言われて、咲莉は目を丸くした。

「ええと……婚約者としてだと？」

「よしよしして、咲莉くんの小説のいいところをいっぱい伝えて、それから『僕がミステリー系の出版社を立ち上げて、そこで大々的にデビュー作を出してあげるよ』って言う」

彼が提案したあり得ない方法を聞いて、思わず咲莉は笑顔になった。

「じゃあ、年長者としてのアドバイスをお願いします」

聖鷹は微笑んでわかったと頷いた。

「まず、咲莉くんが、自分が長年望んでいた賞を同じ大学の後輩が受賞したことを羨むのは、人間として至極当然の感情だよ。罪悪感を覚える必要なんてかけらもないことだ」

あっさりと言われて、咲莉は戸惑った。

「そうなんでしょうか……？」

「うん。だって人間も動物だからね。太古の昔から、自分よりもいい狩り場を持っていたり、いい道具を持っている者がいたら、『食べ物を奪われるかもしれない、イコール生存の危機』として、他者に危機感を覚えるのは当たり前だ。だから、それはまったくもって自然なことだよ。たとえば、受賞を阻止しようとしたりするのは人としてまずいだろうだけど、咲莉くんはそんなこと思いつきもしないよね？　もし本人に会ったら、ぜったい心からお祝いを言えちゃうだろう？」

　咲莉は慌ててこくこくと頷く。

「だ、だって、すごいことだし、あ、受賞作品が発売されたらぜったいに買うつもりです」

　それだけじゃなく、もし大学構内で会えたら、おめでとうと伝えて、できることなら本にサインをもらいたい。

　恥ずかしながらそう伝えると、聖鷹はなぜか身悶えるみたいに頭を抱えた。

「あー……むしろ、嫉妬を覚えたことに落ち込んじゃうとか、咲莉くんは心が清らかすぎるよ。皆、そんな感情持ってて当然だからね？　世の中君よりも何百倍も腹黒い奴らばかりだし、何も気に病まなくて大丈夫だから」

　テーブルの向こう側から手を伸ばしてきた彼が難しい顔をして、よしよしと頭を撫でてくる。

「逆に、咲莉くんは心が綺麗すぎることが心配だよ。君と話していたら、一日の疲れが消えた」と漏らしながら、聖鷹が咲莉の髪にキスをした。

「俺も、気持ちが落ち着きました」

　大人げないことを考えた自分が恥ずかしかったけれど、咲莉もまた、聖鷹に話を聞いてもらえたことで、負の気持ちが消えて、ずいぶん冷静になれた。

「じゃあ、すっきりしたところでデビュー作のお祝いを考えなきゃね」

彼がにっこりして言う。明日は聖鷹がとってきてくれることになり、どこの店にするかおススメの店をネットで見せてもらいながら話し合った。


食器の片付けを済ませると、聖鷹が「そろそろ風呂に入ろうか」と言い出した。

「あの……聖鷹さん。足もほぼ治ったし、そろそろ一人で入れますから」

ダイニングテーブルの椅子から立ち上がって、おずおずと咲莉が申し出る。

聖鷹が怪訝そうな顔になった。

「でも、まだ手首がこれだし、無理しないほうがいいよ」

咲莉の右手首は固定のため、しっかりとした医療用のサポーターをつけてある。足首の怪我もあり、身動きがとれなかった間は、なんと聖鷹が風呂の介助をしてくれていた。手首と足首にビニールを巻きつけて、水が入らないようにテープで留めた咲莉は、髪から体から、すべてを服を着たままの彼に洗ってもらっていたのだ。

──世界中で一番好きな恋人にだ。

聖鷹は嫌な顔一つせずにボディースポンジを丁寧にすみずみまで滑らせ、髪を乾かし、パジャマを着せるところまでやってくれた。しかし、咲莉としては当然、顔から火が出るどころか、体が爆発しそうなくらいに羞恥にまみれた時間だった。

手を動かした感じでは、やっと自分でなんとか入れそうだ。

「本当にもう大丈夫です。ご迷惑おかけしてすみません。いろいろありがとうございます」

これ以上洗われてはなるまいと、咲莉は珍しく、必死で断った。

「迷惑なんかじゃないよ。僕は、むしろ咲莉くんのこと洗いたいんだけど……駄目？」

予想外のことを言われて、顔が真っ赤になるのを感じる
「だ、駄目です……だって、俺……」

好きな相手にタオル越しとはいえ丁寧に触られて、気持ちよくならないわけがない。

咲莉は毎日、性器が反応してしまいそうなのをこらえるのに必死なのだ。

聖鷹は決しておかしな触り方などしないし、咲莉が半勃ちになっていても揶揄したりもしない。一度だけ、抜こうか？とさりげない口調で訊かれたけれど、半泣きで頭をぶんぶん振って即座に断った。決して自分に手を出そうとしない彼に、これ以上の迷惑をかけたりしたら死んでしまう。

どうしても駄目？と悲しそうに訊かれて、やむを得ず口を開く。

「聖鷹さんは、俺にまだ手を出したいと思ってないのに、俺ばっかり興奮してて……恥ずかしいから……」

それを聞いた聖鷹が息を吐いた。

「違うよ、咲莉くん。僕がいつ、まだ手を出したくないなんて言った？」

背中に腕を回される。

「ずっと、抱きたくてたまらないのを、我慢してるだけだ」

「で、でも、してって言ってもしてくれないし……」

しばらく考えるように聖鷹は無言だった
「以前、咲莉くんの誘いを断ったとき、『もっと今後のことをよく考えてほしい、後悔しないでほしいから』って言ったと思うけど」

「……覚えてます」

やんわりとだが拒絶されて、ショックだったので記憶に残っている。

「あれは、どういう意味かというと、つまり……」

彼は一度言葉を切り、思い切るようにして言った。

「咲莉くんが僕を好いてくれている気持ちより、何十倍も、僕の気持ちは重いってこと」

咲莉は目を瞬かせて聖鷹を見上げた。

「咲莉くんは、初めての恋人で、年上の相手によくわからないまま求婚されて、なんとなくで受け入れてくれているのかもしれないけど」

「そ、そんなことないです、ちゃんと、すごく好きです」

「そうかな……僕は、一度抱いたら、もう一生離してあげられなくなるくらい、咲莉くんのことが好きなんだけど。それでも大丈夫？」

咲莉は一瞬面食らう。その顔を見て聖鷹が苦笑した。

「わかってる、まだ二十一歳の子には重すぎるよね？　だから、時間をかけて考えてもらいたかった。やっぱりやめる、別れたいって言われても、無理だから。だから、咲莉くんの気持ちが僕と同じくらいになるまで、何年だってゆっくり待とうと思っていたんだけど――」

「ま、待つ必要、ないです」

覚悟はもう決まっている。咲莉は必死の思いで彼を見上げると言った。

「聖鷹さんは、俺の気持ちを若いときの気の迷いみたいに思っているかもしれないけど、心変わりなんかしません。聖鷹さん以上に好きになれる人なんて、この先一生、ぜったいに現れませんから」

少し迷ってから、咲莉は続けた。

「俺は、いつか聖鷹さんがもっと素敵な人に心を奪われて、別れてほしいって言われるときがくるかもって、そっちの覚悟をしてたくらいです」

「え、何、そんなわけないよね。こんなに君のことが好きなのに」

そう言うと、彼は咲莉を強く抱き寄せた。

「言いにくいけど、正直なところ、僕の頭の中は、咲莉くんでいっぱいだ……毎晩、咲莉くんとセックスする夢を見るくらい、抱く前から君に溺れてる」

少し照れたみたいに告白されて、かあっと顔が熱くなるのを感じた。

「もう我慢、しないでください」

切実な気持ちでせがむと、ぶるっと聖鷹がかすかに身震いする。

「んんっ」

頤を掴まれて、噛みつくような口付けが降ってくる。少しきつめに唇を吸われて、甘い痺れで下腹の辺りが熱くなった。

「……本当に、後悔しない？」

こくりと頷いた瞬間に、聖鷹が身を屈める。膝裏と背中に腕を差し込まれて、素早く抱え上げられ、咲莉はぎょっとした。

「お、俺、歩けますから！」

「でも、まだ歩くと響くだろう」

ちらりと見ると、ミエルはお気に入りのベッドですっかり寝入っていた。

寝室に入ると、優しくベッドの上に寝かされる。

ふと気づいたように彼が咲莉の右手を取った。

「ああ、でもまだ手首が……響くかもしれないし、やっぱり、これが治ってからにする？」

この期に及んでこんなことを言い出す聖鷹に愕然とする。

「いやだ……もう待てないです」

涙目でねだると、彼が喉の奥で唸る。

「どこか痛くなったり、途中で止めてほしくなったりしたら、言ってね」

ぜったいに言うもんかと咲莉は自分に固く言い聞かせながら頷いた。


「ん、ん……っ」

深いキスをしながら、彼は咲莉の服をあっという間に脱がせていった。

伸しかかってきた聖鷹の唇が、首筋から鎖骨、胸元へと下りていく。

小さな乳首をまじまじと見つめられて、羞恥と興奮で何もされていないそこがツンと立ってしまうのに泣きそうになる。

「可愛い……ずっと、触りたくてたまらなかったけど、理性を総動員して我慢していたよ」

全裸は風呂の世話で何度も見られているのに、間接照明だけがついたベッドルームで見られるのはまったく違う恥ずかしさがあった。

触ってもいい?と訊かれてこくこくと頷く。ちゅっと唇で触れられ、軽く啄むようにされる。唇の間から伸びた彼の熱い舌が、敏感な乳首をねっとりと舐める。

「あ、ん……っ」

軽く吸われて、下腹部に妙な解放感があった。咲莉の体の脇に手を突いて伸しかかったま、ちらっと視線を下げた聖鷹が口の端を上げる。

「気持ちがよくて、先走りが出ちゃったの……？」

甘やかすように囁かれて、ぎょっとして頭だけを起こす。頼りなく勃ち上がった咲莉のピンク色に充血したモノは、先端から薄い色の蜜を垂らしてしまっている。

「す、すいません……っ」

乳首を少し口で弄られただけで、どうしてこんなふうになってしまうのか。恥ずかしすぎて、咲莉は怪我をしていないほうの手でとっさに顔を覆った。

「謝らないで。ここも、触っていい？」

優しく訊ねられて、顔を隠していた腕に口付けられる。そっと腕をどかされて、額と鼻先にも唇が落とされた。

「き、聖鷹さんが、嫌じゃないなら……」

「嫌なわけないよね？　むしろ、ずっと可愛いここも、触ってあげたくてたまらなかったくらいだ」

呆れたように言い、彼が咲莉の性器をそっと握る。

「あっ、や……っ、ま、待って、聖鷹さ……んっ」

大きな手で確かめるように緩急をつけながら、ゆっくりと根元から扱かれる。

聖鷹の手の動きは、自分でするときとは比べものにならないほど巧みで、信じられないくらい気持ちがいい。

ぞわっと腰から背筋へ強烈な刺激が駆け上がる。

咲莉の淫らな先走りを纏った彼の優美な手が、くちゅくちゅといやらしい音を立てて、裏筋から先端のくぼみまでをねっとりと擦り上げる。

「我慢しないで、出していいよ」

耳元に甘やかすような囁きが吹き込まれる。

シャツ越しの彼の腕にしがみつき、必死で出そうな感覚をこらえようとした。

「それ、だめ、だめ……っ、あっ、あ、あっ！」

頭の中が真っ白になる。ほんの数回扱かれただけで、咲莉はあっけなく彼の手の中に蜜を零してしまった。

荒い息を繰り返しながら呆然としていると、聖鷹が汗に濡れた顔に何度も口付けを落としてくる。

「ごめん、咲莉くんが敏感すぎて、興奮した……僕が強く弄りすぎちゃったんだよね」

早く出しすぎて、呆れられていないかと不安だった咲莉は、すまなそうに言う聖鷹の言葉にホッとした。

「あんまりイきすぎると、つらくなっちゃうかもしれないから、前は触らないようにするね」

そう言いながら、彼が自分のシャツのボタンを開けた。しっかりと筋肉がついて引き締まった体は、咲莉の細身でやけに肉が柔らかい体とは、根本的に質が違うように見える。

ベッドサイドの引き出しを開けて、彼がジェルのようなものと、それから避妊具を取り出す。そんなところに用意があったことを知らずにいた咲莉は、頬が熱くなるのを感じた。

体をうつぶせにされそうになり「えっ、な、なんでですか？」と訊ねる。

「たぶん、このほうが咲莉くんが楽だと思うよ」

意外なことを言われて戸惑ったが、正直な願いを伝えた。

「でも、俺、聖鷹さんの顔見えないの、いやです」

一瞬固まった聖鷹は「……わかった」とだけ短く言うと、咲莉の腰の下にクッションを差し込んで、やや持ち上げるようにする。

大きく広げた両脚を胸につきそうなほど持ち上げられると、吐き出してくったりした性器も、小さな双球も、後ろの孔まで、彼の目にすべてが丸見えだ。

入ったときは程よい温度だった部屋が、今はやけに暑く感じる。彼もそう思っているのか、髪をかき上げた聖鷹がジェルの蓋を開けた。

「あ、あの、俺も、聖鷹さんに触ってもいいですか……？」

「えっ!? いや、いいよ、しなくて」

聖鷹は狼狽えるように答えた。

彼のスラックスの前はすでに張り詰めて、かなりきつそうだ。風呂の介助をしてくれるときもたびたびそうなっていて、つらくないのかなといつも気になっていたのだ。

「でも俺、聖鷹さんのに触りたいんですけど……」

もじもじしながら本音を伝えると、彼が持っていたボトルを取り落としそうになった。

「それならいいけど……でも、無理しないでね」

なんとなく気が進まないというように、彼が自らのスラックスのジッパーを開けて、下着ごと前を下げる。初めて目にした聖鷹の性器は、二度見するくらい大きかった。

(俺の二倍あるんじゃ……？)

すでに上を向いているということもあるけれど、逞しく血管が浮いた茎も、先端のくっきりとした膨らみも、咲莉のささやかなものとは比べものにならないくらい立派だ。

思わず凝視して、ごくりとつばを飲み込むと、聖鷹が目元を押さえた。

「気持ちは嬉しいけど、また今度にする？」

「い、いえ、触ります！」

慌てて言うと、咲莉は手を伸ばす。聖鷹が咲莉の腿の下に膝を差し入れるようにして、体を近づけてくれる。

触った昴りは驚くほど熱かった。片手ではうまく扱けず、両手を使って茎を握り、先端を撫でてみる。

聖鷹は険しい顔になり、目元がじんわりと赤く染まっていく。

彼はボトルの中身を手に取り、それを脚を開かせた咲莉の後孔に塗りつけた。

「あ……っ」

たっぷりと濡らした指が、窄んだ蕾をなぞる。指先を少し潜り込まされて、肩がびくっと震えた。

「ん、ん……っ、あ……うっ」

両手を使って彼の昴りに奉仕しているから、声が殺せない。

「痛くない?」

訊ねられて、涙目で咲莉はこくんと頷く。大きく開かされた脚の奥に、聖鷹の指がゆっくりと押し込まれていく。

何度かジェルを足して、中に塗りつけるようにされる。滑らかな感触の指が次第に増やされていく。

正直に言えば気持ちが悪いし、苦しいのに、やめてほしくはない。

中を弄られていると、手に力が入らなくて、ただ聖鷹の長大なモノを掴んでいるだけになってしまう。

「ん、ん……っ」

唇を噛んで身悶えながら、咲莉は尻の奥を開いていく聖鷹の指に翻弄された。

後ろから指が抜かれる。もういいよ、と優しく言われて、ホッとして咲莉は彼のモノから手を離した。

「あのう……うまくできなくて、ごめんなさい」

聖鷹はあんなに気持ちよくしてくれたのに、と申し訳ない気持ちになって、悄然として謝る。すると、下衣を脱ぎ、性器にゴムをつけようとしていた聖鷹が首を横に振った。

「とても上手だったよ。イかないようにするのがつらいくらい」

「次は、もっと頑張ります」

必死の思いで言うと、聖鷹がなぜか天を仰いでしまった。

「ごめん……今、あんまり可愛いこと言われると暴発しそう。ただでさえ、僕のを握りながら、後ろを弄られてるときの咲莉くんの喘ぎにキてたのに」

そう言われて、咲莉はよくわからないまま慌てて口を噤んだ。

ちょっとごめん、と言われて、腰の下にもう一つクッションを挟み込まれる。ぐっと腰が持ち上がり、余計に恥ずかしい体勢になった。

「挿れてもいい？」

やや急いた口調で訊かれて、咲莉はこくこくと頷いた。ありがとう、と囁いた彼が、身を屈めて額に口付けてくる。

「ゆっくりするから。痛かったら言って」

彼が性器の根元を握り、先端を後孔に押し当ててくる。ぬるぬると擦りつけたあと、ぐっと押し込まれて、苦しさで咲莉は呼吸ができなくなった。

「……っ」

指でじっくりそこを慣らしてくれたにもかかわらず、聖鷹のモノは大きすぎた。

限界まで押し広げられて、勝手に目尻から涙が零れてくる。気づいた聖鷹が身を引きそうになったので、「だめ」と必死に言った。今やめたら、二度としてもらえないような気がしたのだ。

「挿れて」と咲莉は潤んだ目で聖鷹にせがんだ。

精悍な顔立ちをゆがめて、彼が腰をじわじわと押し進めてくる。先端の膨らみを呑み込むと、苦しみがかすかに和らいだ。ホッと息を吐いた瞬間に、ずぶっと一気に押し込まれる。衝撃に息を呑んだけれど、聖鷹と視線が絡んで、やめてほしくなくて必死で頷いた。

奥まで呑み込ませると、聖鷹は身を屈めて咲莉の唇を吸った。

これまで見たこともないほど甘い目で咲莉を見つめて囁く。

「咲莉くんの中、気持ちよすぎて、死にそうだ……」

頬を撫でられて、何度も口付けを繰り返される。舌を差し込まれて、舌同士を擦られてきつく吸われる。繋がったまま深い口付けをされているうち、自分の中が彼のモノに馴染み、絡みつくのがわかる。

少し、動いてもいい？と訊かれて、おそるおそる頷いた。

腰を動かされると、いつの間にかまた勃ち上がった咲莉のモノが、聖鷹の硬い下腹部で擦られる。

「ん、んっ、聖鷹さん、だめ……っ」

「何が駄目なの……？」

優しく囁きながら、聖鷹は腰を動かすのをやめてはくれない。

「俺、また、出ちゃう……っ」

尻の奥に極太の性器を突き込まれながら、敏感な裏筋が擦れるのは、耐え難いくらいの快感だった。まだ一度も聖鷹が達していないのに二度も出すわけにはいかない。

咲莉が必死で我慢しようとするのに、聖鷹は逆に腰の動きを激しくしていく。

「やだ、まだ、イきたくない」

泣きながら頼んだのに、聖鷹は「ごめん、もう止められない」と荒々しい動きで咲莉を揺さぶる。達するのを堪えようとすると、余計に中のモノを締めつけてしまい、「咲莉くん、そんなに締めつけないで」と困ったように囁かれる。

「あんっ、あう、あ、あ……っ」

いつの間にか、硬い昂りで中を擦られるたび、前からとろっと濃い蜜が垂れてしまう。

奥まで突かれるたびに、軽くイってしまい、咲莉は泣きじゃくりながら喘いだ。

快感が強すぎて、我慢も限界だった。

「僕もイきそうだ……、出していい……？」

囁かれて、すっかり限界を迎えていた咲莉は「出して」とせがんだ。

いきなり聖鷹の動きが激しくなり、めちゃくちゃに揺さぶられる。

「ひうっ、あ、あっ！」

触られてもいない咲莉の前から、ぴゅくっと蜜が溢れ出して、自分の腹を濡らした。

ひときわ奥まで突き入れた彼が、ゴム越しにどっと熱いものを吐き出す。

荒々しい息を吐いた聖鷹は全身汗だくだ。

ぼうっと見上げていると、彼が唇を重ねて、優しく吸ってくる。

陶然としたまま、咲莉は婚約者の口付けを受け入れた。

【2　秘密のココアは癒やしの味】

聖鷹が買ってくれたダウンジャケットを着込み、咲莉は日が落ちた街をゆっくり歩く。

幸い、足のヒビはほぼ完治して、松葉杖も不要になったけれど、使わなかった足は驚くほど筋肉が落ちてしまった。転ばないように気をつけて進みながら、久しぶりに見慣れたクイーン・ジェーンの前に着いた。

怪我をして以来なので、実に一カ月以上来ていない。

すでに懐かしささえ感じる店に入ろうとしたときだ。

「お忙しいところお邪魔しました！」

そう吐き捨てながら、中年の女性が勢いよく出てきた。

「わっ!?　す、すみません、大丈夫ですか？」

ぶつかりそうになって、ギリギリで避ける。慌てて声をかけたけれど、派手な装いのその女性は咲莉に「大丈夫です」とだけ言うと、逃げるように店を出ていってしまった。

「——咲莉くん、大丈夫だった？」

カウンターの中から心配顔の制服姿の聖鷹が急いで出てくる。今日は早じまいをするからだろう、店内には他の客の姿はなかった。

「大丈夫です……今のお客様、何かあったんですか？」

「うん。『捜し物』の方だったんだけど、ちょっとね」

苦笑しつつ、彼は店の前にＣＬＯＳＥＤの札を下げる。咲莉を店に入れると、大好きな特製のカフェオレを淹れて、事情を説明してくれた。

先ほどの女性は、この店の常連客である渋沢の息子の嫁だという。

渋沢は今は会社を息子に譲って引退しているが、不動産業を手広く営んでいた。この近隣のあちこちにデパートや商業ビルを持つ桜小路家にも負けないほどの土地持ちらしい。

聖鷹は今日、咲莉との約束があるため、夕方までで店を閉める準備をしていた。

入り口の看板の横には、『本日は十七時で閉店します』と張り紙もしてある。

「さっきの渋沢さんは、入ってくるなり、『うちの義父が通っている店を教えてくださ い』ってすごい剣幕でね」

聖鷹は気にもしていないようだが、先ほどの女性の勢いを思い出して、咲莉は身震いした。

渋沢家の嫁が怒っていたのは、義父が通う夜の店についてだった。

これまでは、ほとんど飲みに出かけることはなく、子や孫のためにお金を出してくれていたのに、ここのところ週に二、三回は飲みに行く。しかも、一晩の飲み代がかなりの高額らしい。

「それで、どうやらその店は、行きつけの喫茶店で会った女の店らしいって、うちに探りに来たわけ」

そう言われて、咲莉はピンとくるものがあった。

「あの、そのお店って、もしかして……」

「そう。松島の店だよ。渋沢さん、ここで女装したあいつと会って意気投合したらしくて、カーディナル・ローズに通うようになったみたいで」

聖鷹はため息を吐いている。

渋沢が通っているのがエリカの店だけとは限らないけれど、ともかく渋沢家の嫁は義父の高額な夜遊びが気に入らなかったらしい。

義父が通っている店を出禁にしてもらいたい、これから頼みに行くから店の場所を教えろ、と言われて、聖鷹はやんわりと苦言を呈したそうだ。

「渋沢さんが松島の店で遊ぶ額なんて、彼がこれまでに稼いだ資産から考えたら微々たるものだよ。松島にも聞いたけど、渋沢さんは高いボトルを入れて定期的に通ってくれるいいお客さんだけど、酒を飲みたいわけじゃなくて、話し相手が欲しいだけみたいだって」

聖鷹は『渋沢さんが、金に困っているわけじゃないのに子や孫に出すお金を減らしたなら、それは金銭面の問題じゃなく、家族との関係の問題じゃないかと思いますよ』と嫁に伝えた。

もう八十歳で、そう酒も飲めない。膝を痛めてゴルフもできなくなり、友達も亡くなった人が多くいる。渋沢にとって、残った友達である大河内とこの喫茶店で話すのが唯一の楽しみだったのだ。

そんな中で、息抜きに通える近場の店を見つけ、女装した綺麗な男たちに朗らかに接待されて、気が晴れるなら安いものではないか——と。

「うまく納得させられればよかったんだけど、あのお嫁さん、渋沢さんが月に何十万か飲みに使うのを『無駄金』って言うのがちょっと不快でね。逆に、渋沢さんは『息子の嫁さんは観劇が大好きなんだよ』ってよく言ってるだろう？」

ああ、と咲莉も思い出す。

確か、渋沢は『息子の嫁さんは孫とあちこちによく出かけるからいつも金を出してる、俺にはよくわからないけど、楽しそうでいい』と笑っていた覚えがあった。咲莉にもたまにチップをくれようとする。時々一緒に来る息子にも優しいし、大河内も含めた周囲の人にもすぐ珈琲をおごろうとする、下町気質できっぷのいい人なのだ。

聖鷹はカウンターの中を片付けながらため息を吐いた。

「松島の店なら、たとえホステスに本気になっても子供ができるわけじゃないし、あいつがオーナーだからうまく纏めるだろう。値段も他の店に比べてそう高くもない。夜の店としては良心的なくらいだよ。『これまで散々働いてきて、皆にじゅうぶんすぎるくらいの財産を遺すだろうに、ちょっとの息抜きをやめさせようとするのはなぜですか？』って、腹が立って、つい言いたいことを言ってしまったよ。帰って渋沢さんと揉めていないといいけど」

「きっと、大丈夫だと思いますよ」

カフェオレのカップを両手で掴みながら、咲莉は言った・

「さっき、俺とぶつかりそうになったとき、お嫁さん……自分を責めてるっていうか……すごく、恥ずかしそうな顔していたんで」

きっと、義父の夜遊びを自粛させるのが彼のためだと思い込んで、乗り込んできたんだろう。これまで渋沢が自分たちにしてくれたことは当然のつもりでいたから、改めて義父の優しさや寂しさに思い至り、我が身を恥じたのではないか。

「だったらいいんだけど……」

聖鷹は心配顔だ。

彼は本当に優しい。たとえ、自分が悪者になって嫁に嫌われたとしても、渋沢のために言うべきことを伝えずにはいられなかったのだろう。

「……カフェオレ、ごちそうさまでした。帰ったら、お礼に、あったかいココア入れますね」

そう言うと、聖鷹は一瞬かすかに目を瞠る。それから、ふっと微笑んだ。

「嬉しいね。咲莉くんのココア、すごく好みの味だから」

自首する前に送ったらしく、先日、咲莉のところに、皆川からハガキが届いた。

達筆で詫びの言葉と『お疲れのときに、このココアを作って差し上げてください』という追記があり、バターと少々の塩を隠し味として入れる特製ココアのレシピが書かれていた。

その通りに作って出すと、聖鷹は美味しい、と言って飲んでくれた。

きっと、皆川が教えてくれたレシピだと気づいているだろうに、彼は何も言わない。

皆川は、幼い聖鷹がつらい思いをしていたときに、温かいココアを出して彼の心を慰めてきたのだろう。

咲莉は、皆川の代わりにはなれない。けれど、彼が戻るまでの間、自分がささやかでも聖鷹の支えになれたらと思った。

そんなことを考えながら、片付けをしている聖鷹を見ているうちに、ハッとした。

「あ、でも、渋沢さん、お嫁さんたちが話を聞いてくれるようになったら、お店に行かなくなっちゃいますね。エリカさんの店の常連が減ることになるかも」

「いいよ、大丈夫。あいつの店、普段は予約が取れない日もあるくらい人気みたいだし」

もし渋沢さんが来なくなったら、僕が代わりにボトル入れとくから、と言われて、咲莉は複雑な気持ちになる。しょんぼりしていると、気づいた聖鷹が「僕はもう飲みには行かないから！」と急いで言った。

友人の店だし、彼が訪れることに口を出すつもりはない。ただ、一つだけ気になって、頼み込んだ。

「あの……飲みに行くのはぜんぜんいいと思うんですけど……エリカさんのお店、綺麗な人が多いから、その……」

もちろん、彼のテーブルにつくのがエリカならいい。だが、他のホステスからは、できれば接客を受けないでほしい。身勝手な願いだとは思ったが、一応婚約者なので、もじもじしながら頼む。

すると、驚いた顔をした聖鷹が、素早くカウンターの中から出てくる。

え、え、と狼狽えているうち、座ったままの咲莉は彼の腕の中にきつく抱き竦められていた。

「……君のお願いならなんでも聞くけど、そもそも浮気とか遊びの心配は不要だから」

ぎゅうぎゅうに抱き締められて、咲莉は顔が真っ赤になるのを感じた。

「他の店には行かないし、松島のところに付き合いで顔を出すときも、今後は他のホステスは断るから安心して」

僕は咲莉くんだけだから、とはっきり宣言される。

わかっていても、頼まずにはいられなかった自分の狭量さが恥ずかしくなる。だが、きちんと言葉にしてくれたことが嬉しかった。

【3　プロポーズは密室の中で】

聖鷹は渋沢家の嫁が乗り込んでこなければ、もっと早めに片付けをして、咲莉を家まで迎えに来るつもりだったらしい。「すぐ片付けるから、何もしなくていいよ」と言われたけれど、簡単な掃除だけは手伝わせてもらい、二人で早めに店を閉める。ミエルにはすでに少し早めのエサをあげてきたから、きっと今頃は熟睡しているだろう。

今日は珍しく、二人は一緒に出かける予定があった。

聖鷹に連れられてタクシーを降りると、咲莉は頬を熱くしながら、月明かりに照らされた立派な建物を見上げた。

あと一時間ほどで閉館時間のせいか、博物館の周囲に人の姿は見当たらない。

「咲莉くん、こっちだよ」

聖鷹に手を引かれ、彼についていきながら、咲莉は半ば興奮気味に訴えた。

「前売りは三カ月前に完売だったし、当日券も出なくて、諦めてたんです」

今季開催中の展示は、国内外の有名なミステリー小説に出てきた建築をメインにしたものだ。

VR(バーチャルリアリティー)技術を駆使した現物大の展示やミニチュアの立体模型などが並ぶそうで、作品のファン垂涎の展示なのである。もちろん、小説好きな咲莉にとっても是が非でも観に行きたい展示だが、チケットは争奪戦だった。

先日、何げなく、どうしても観たかった展示のチケットが完売してしまった話を聖鷹にしたところ、翌週に彼が『この日のこの時間でよければ観に行けるよ』と言い出して、咲莉は仰天した。

「展示期間が終わる前に言ってくれてよかったよ。ちょうど主催側に知り合いがいたんだ。頼んだら、押さえてもらえる時間帯があったから」

にこやかに言う聖鷹に促されて、どきどきしながら彼と一緒に館内に入る。

館内はなぜかガラガラで、入り口に係員がいるのみだ。

有名な密室トリックの展示を眺めながら夢中で進んでいく。

（あれ……館内で、まだ誰ともすれ違ってないかも……？）

半ばまで来て初めて、あまりにも人けがないことが不思議になった。

「あのう、聖鷹さん。今日って、実は休館とかじゃないですよね……？」

声を潜めてこそこそと彼に訊ねる。

「休みじゃないよ、大丈夫」

確かに、展示にはちゃんとライトが灯っている。入り口には係員もいたし……と悩んでいると、聖鷹がひょこっと咲莉の顔を覗き込んできた。

「何が気になるの？　他の客は入ってこないから心配しなくていいよ」

そう言われて、咲莉の顔から血の気が引いた。

「あ、あの……まさか、とは思いますが……ここ、貸し切ったりしました……？」

「うん。でも、そんなに高くなかったから大丈夫だよ」

さらりと言われて、咲莉は声にならない悲鳴を上げた。

「この博物館、運営のほうで知り合いが働いてて、鞠子さんの持ち会社から長いこと寄付を続けてるんだよね。訊いてみたら、機材調整の日があるから、その日の夜でよければってことで通してもらえたんだ。調整は終わったそうだから、展示も問題なく観られるって」

「そ、そうだったんですね……」

彼がいったいいくら払ったのかは不明だ。

激しく動揺したし、もし、これが借りる前なら全力で止めたと思う。けれど、聖鷹は自分の喜ぶ顔が見たいと思って手を回してくれたのだろう。

「もしかして、嫌だった？」

気遣うように訊ねられて、少し考えたあと、咲莉はゆっくりと首を横に振った。

「ありがとうございます、聖鷹さん。その……あんまりお金をたくさん使ってもらうのは、やっぱり抵抗あるんですけど……でも、俺のためを思ってしてくれた気持ちが、すごく嬉しいです」

今回はうっかりしていたけれど、今後は、多額の金を使われてしまいそうなことに関しては、自分が話題に出さないように気をつければいいだけのことだ。

懐具合が桁外れに違うことに戸惑いはある。けれど、聖鷹が自分を想ってくれる気持ちが身に染みて、とても文句を言う気持ちにはなれなかった。

よかった、と言って、ホッとしたように彼が表情を緩めた。

それから、じっくりと時間をかけて一つ一つの展示を堪能した。

最後の展示は、密室の模型と映像の部屋だった。

聖鷹と一緒に足を踏み入れると、扉が閉まって、入り口に鍵がかかる。

二人ともが読んだことのある作品だったので、謎解きの映像を興味深く眺めた。

「すごく楽しめました。今日は本当にありがとうございました」

密室を出る間際、念願だった展示を見尽くして頬を紅潮させた咲莉は、素直に彼に礼を伝えた。

すると、それまでは微笑を浮かべていた聖鷹が、なぜかスッと真顔になった。

「——聖鷹さん？」

どうしたのだろうと思って首を傾げると、彼は咲莉と向き合って、そっと手を取る。

なぜか展示のほうに目を向けてから、口を開いた。

「咲莉くんが大怪我をした今回のことは、本当に肝が冷えたよ。でも、あれこれ悩んで、君を離せなくなることを恐れてた自分を、何よりも後悔した」

そう言うと、彼はポケットの中から小さな箱を取り出した。

見覚えのあるそれは、昨年、咲莉が彼の婚約者だと犯人に信じ込ませるための芝居をしたとき、一緒に買った結婚指輪だった。彼は、その一つを、自ら自分の左手薬指にはめる。

プラチナの指輪は、彼の綺麗で長い指にぴったりだ。

「家族同然に暮らしていても、他人のままじゃ、手術の同意書にサインをすることもできない。君に何かあったとき、僕が支えられないなんて、一番無理だ」

そう言うと、彼は咲莉の目を強い視線でまっすぐに射貫いた。

「――咲莉くん。僕を、君の人生に誰よりも深く関われる人間にしてほしい」

もう一度左手を取られて、彼の指が咲莉の左手薬指をそっと擦る。

「結婚したい。君と法で認められた関係になりたいんだ」

聖鷹は、持ち上げた咲莉の手を口元に持っていくと、先ほど触れた場所にそっと口付けた。じんと甘い疼きが背中を駆け抜けて、咲莉は思わずぶるっと身震いする。

そのとき、展示のライトが動いて、二人が立っているところが、ちょうど密室の中になった。

「お願いだから、はい、って言って」

切実な表情でせがまれて、咲莉は頬を緩めてこくこくと何度も頷いた。

感極まったみたいな彼の腕に強く抱き締められる。

――聖鷹と一緒なら、無人島でも密室でも、どこに閉じ込められたって構わない。

彼とずっと一緒にいたい。
これから先、どんなことがあってもそばにいて、自分が聖鷹の支えになりたい。
彼の背中におずおずと腕を回すと、抱き返す力より更に強く抱き締められる。
これまでに感じたことのないほど幸せな気持ちに包まれて、咲莉は、はい、と答えた。

【終章　桜小路聖鷹の結婚】

冷たい空気の中、暖かい日差しが降り注いでいる。

求婚の承諾を得ると、聖鷹は驚くほどの行動力でどんどん準備を進めていった。

そうして咲莉はまだ肌寒い初春の今日、彼と都内の神社で彼と神前式を挙げることになった。

とはいえ、まだ咲莉は大学に在学中の身だ。小説家デビューは決まっているものの、先のことはさっぱり未定だし、公務員試験を控え、就職も決まっていない。

そんな中で、正月に帰省した際におそるおそる結婚のことを話すと、祖母は困惑した顔になった。

『まだ若いんだし、もう一年待って、就職してからでも遅くないんじゃないの？』と。

けれど、できるだけ早く籍を入れたいという聖鷹の願いもあり、咲莉自身もそれに同意していた。卒業後にしたらと勧める祖母には、聖鷹がわざわざ会いに行って話をしてくれた。咲莉も彼への気持ちを正直に打ち明けた。鞠子も『二人の気持ちが固いようですし、どうせ卒業後には結婚するんですから』と説得に参加して、結婚後の咲莉のことには責任を持つと宣言したことで、祖母もどうにか頷いてくれた。

そのおかげで、円満に今日の日を迎えることができた。

結婚式は、桜小路家と古くから関わりがあるという都内の神社で挙げることになった。

卒業や入学の時期より少し早めの日取りで、招待客は二人のごくごく近しい人たちだけだ。聖鷹側は母の鞠子と姉の絢美夫妻、友人の有馬とエリカ、咲莉は祖母と、聖鷹との関係を唯一知っている友人の衣笠を招いた。クイーン・ジェーン関係の知り合いには、後日、店で簡単な祝いの場を設けようということになっている。

「――咲莉くん」

咲莉はハッとして顔を上げた。

先に着付けをしてもらった咲莉は、続きの間にある窓際の椅子に座って茶を飲みながら緊張の面持ちで聖鷹を待っていた。

慌てて立ち上がると、ちょうど聖鷹が控えの間から出てきたところだった。

神社には一緒に着いたけれど、着替えた姿はまだ見ていない。

彼は桜小路家の紋付の黒い羽織に、白黒の縦縞の袴を着ている。どの衣装を着るかはもちろん知っていたが、少し撫でつけた髪が彼の美しい顔立ちを引き立てていて、想像よりもはるかによく似合っている。

(聖鷹さん、和装でもめちゃめちゃかっこいい……)

袴の裾をさばきながら、神社の通路をゆっくりと歩き、すぐ目の前までやってきた彼のあまりの神々しさに、咲莉はとっさに言葉が出てこなくなった。

顔が赤くなってしまいそうで、思わずうつむくと、足袋を穿いた彼の足がそばでぴたりと止まるのが見えた。

おそるおそる顔を上げると、聖鷹は咲莉とは逆に、目元を押さえて天を仰いでいる。

「あの、聖鷹さん……？」

「うん、ごめん。咲莉くんがあんまり可愛くて、ちょっと直視できなくなった。ええと、まだ式が始まるまで十五分くらいある。呼びに来てくれるそうだから、心配しなくて大丈夫だよ」

すぐ落ち着くから、と言って、深呼吸すると、聖鷹は顔から手を外して咲莉に向き直る。

彼にまじまじと見られると、急に恥ずかしくなった。

「……すごく、よく似合ってるよ」

咲莉は聖鷹が勧めてくれた、純白の羽織に同色の袴姿だ。

聖鷹の羽織袴も、咲莉のものも、桜小路家と付き合いのある呉服店で新しく誂えたものだ。咲莉としてはレンタルでじゅうぶんだったのだが『いろいろ付き合いもあるから、こういうときには頼んでおきたいんだ』と言われて素直に受け入れた。今更両家の財力の違いを気にしても仕方ない。桜小路家は代々の付き合いがあちこちにあるようだ。彼のような人が使わないと、傾いてしまう業種もあるだろう。ならば、何も貢献できない咲莉は、せめて頑なにならず、聖鷹の家の事情を理解すべきだと思ったからだ。

「なんか、七五三みたいだなって自分で思いました」

照れながら、咲莉は自分の姿を見下ろす。美容師が前髪を分けるようにセットしてくれたけれど、いつも下ろしているので見慣れない。

聖鷹は微笑んで、一歩距離を縮めてきた。

「そんなことないよ。ちゃんと大人に見える」

そう言うと、彼は咲莉の両手をそっと取った。真顔で両手を口元に持っていった彼が、指先に口付けて囁く。

「世界一可愛いよ」

甘い声色で賛美され、ふいに頭がくらくらして、咲莉は顔が赤くなるのを感じた。

「咲莉くん、大丈夫?」

ふらつきそうになると、聖鷹が慌てたように背中に腕を回して支えてくれる。

「す、すみません、大丈夫です。ちょっと、緊張しちゃって……」

咲莉はそう言いながら、ちゃんと立とうと足元を踏み締めた。

何か飲むか食べるかと気遣うように聖鷹に訊ねられて、首をぶるぶると横に振る。彼を待っている間に茶も飲んだし、お茶受けの和菓子も食べたから空腹ではない。

背中を撫でてくれながら、彼が心配そうに咲莉の顔を覗き込んでくる。

「僕と結婚するの、嫌になったりしていないよね?」

「なってません! ただ、俺、慌て者だから、何か失敗しないかって不安で……」

式次第のリハーサルはしたし、流れもすべて頭に入っている。だが、ここは由緒あるか

なり格式の高い神社で、しかも一番偉い神主が祝詞を上げてくれると聞いて、自分が何かやらかさないかがひたすら心配だった。

そう言うと、聖鷹がくすりと笑った。

「もし失敗しても大丈夫だよ。今日の主役は僕たちなんだから、なんの問題もない。それに、僕が隣にいるんだから。必ずフォローするよ」

彼の言葉に、ふっと力が抜けて咲莉ははいと頷いた。

「聖鷹さんは、緊張とかしないんですか？」

「そうだね、あんまり」

聖鷹は平然と言う。さすが肝が据わっているなあと、緊張しがちな咲莉は見習いたくなった。

彼がふと苦笑して腕組みをする。

「今、僕が唯一気になることといえば、咲莉くんが結婚に関して、もし突然気を変えてしまったらどうしようってことだけだよ」

不必要な心配をしているらしい彼に、咲莉は思わず笑顔になる。

「それだけは、ぜったいにないので安心してください」

よかった、と言って咲莉の頬を撫でながら、聖鷹がしみじみと言った。

「……まさか、こんな気持ちになるなんてね」

咲莉が見上げると、聖鷹は照れくさそうに笑った。

「咲莉くんと出会ってから、何か困っていないか、おなかはすいてないかって、いつも君のことばかりが気になって……そばにいるときはなんとなく幸せで、離れていると何かが足りなくて……毎日少しずつ、そういう気持ちがどんどん募っていった。大学卒業まですらも待てなくて、どうしてもすぐに結婚したいって君に懇願するくらい」

聖鷹が身を屈めて、顔を近づけてくる。長い睫毛と高い鼻梁がすぐ目の前にある。間近で見ても端正としか言いようがない美貌に、咲莉は一瞬息ができなくなった。

「これまで僕は、恋愛に溺れる人のことを、少し冷ややかな目で見ていたのかも。祖父や父に愛人がいたりしたせいか、愛憎のしがらみみたいなものも理解できなかったし、すべてが無駄なことだと思っていた気がする。でも……咲莉くんを好きになって、自分の考えが間違っていたとわかったんだ」

咲莉のこめかみに、そっと柔らかいものが触れた。

「人間なんて、誰も信じられないと思っていたけど、咲莉くんにだけは心を預けられる」

「聖鷹さん……」

彼が本心からそう言ってくれていることが伝わってくる。

これまで様々な苦難を背負ってきた聖鷹の気持ちを思う。裏切られたり、恨まれたりしてきた彼がそう言ってくれた気持ちが、ただ素直に嬉しかった。

「君になら全部の口座のパスワードや鍵を渡せるし、全財産渡したって構わない。もし、すべて使い込まれても、咲莉くんなら、何か事情があったんだろうなって受け止められると思うから」

彼は咲莉の髪を撫でながら真面目な顔で言った。

「お、俺、そんなことしないですよ」

ハッとして、咲莉が慌てて言うと、聖鷹は苦笑した。

「うん、咲莉くんはぜったいにしないってわかってるよ。でも、そうされてもいいと思うくらい……君を愛してるから」

少し声を潜めて囁かれて、胸の奥がぎゅっと痛くなった。

「……だから、君と結婚できる今日は、もう世の中のすべてに感謝したいくらい幸せだよ」

嬉しそうな笑顔の彼を見て、咲莉はおずおずと彼の背中に手を回す。

「俺も……すごく、幸せです」

聖鷹がホッとしたように微笑んで、顔を寄せてきた。

唇を重ねられると、じわっと温かい熱が体中に広がるのを感じる。

口付けを解いたとき、通路の奥に人が現れて、頭を下げるのが見えた。

聖鷹と通路を進んでいくと、丹精された御社殿の内庭では少し早い梅の花が咲き始めているのが見えた。

本殿では、二人を支えてくれた親しい人たちが待っている。昨日上京して、鞠子と観光を満喫したらしい祖母も、これだけはと大事に取っておいた一張羅の黒留め袖を着込んで並んでいるだろう。

そして、拝殿が見えるどこかから、仮釈放された皆川も、今日の式の様子をそっと見守っているはずだ。

これから先、自分たちにはどんな人生が待っているのだろう。

十年後の自分が、夢に描いた小説家なのか、それとも公務員になっているのか、もしくはどちらも叶わずに別の職業についているのかはわからない。

今後も、桜小路家の財産を狙う者が現れることがないとも限らないだろう。

けれど、聖鷹と一緒なら、どんなことであっても乗り越えられるはずだ。

ただ一つ、変わらないと確信できるのは、聖鷹との関係と、それから、クイーン・ジェーンだ。

何年経っても、きっと聖鷹はあの場所で店を開け続ける。混むことの少ないあの店で、変わらずに珈琲を淹れて、常連客たちからささやかな捜し物を頼まれては解決する。

そんな聖鷹のそばには、金色の目をした白い猫と――それから、一緒にいる自分の姿が見える気がした。

通路の突き当たりで待っていたのは、袴を着た巫女だった。

「式のお時間です」と恭しく告げられる。斎主は拝殿のそばで待っているそうで、そこまで連れていってくれるようだ。

「行こうか。鞠子さんたちがきっとそわそわしながら待ってる。咲莉くんの晴れ姿を見たら、可愛くて皆びっくりするよ」

誇らしげな笑みを浮かべて、聖鷹が振り返り、手を差し伸べてくる。

咲莉は照れながらその手を取ると、彼と並んでゆっくりと先の道を歩き始めた。

END

＊　あとがき　＊

この本をお手に取って下さり本当にありがとうございます！

今作は「喫茶探偵　桜小路聖鷹の婚約」の続編となります。

喫茶店店主である聖鷹は富豪すぎて困っている、小説家を目指す大学生の咲莉は貧乏だけどくじけない、という凹凸な組み合わせのカップルです。

欲しいものは何でも手に入れられる聖鷹は、咲莉への愛の重さに悩んだりしていて、逆に何も持っていない平凡な咲莉のほうは、好きな人と両想いになれて素直に幸せいっぱいです。そんな咲莉に聖鷹は日々癒されているという二人でした。

一見すると咲莉が玉の輿に乗ったように見えますが、親族や周囲の人々に疲弊していた聖鷹は、邪悪さのかけらもない咲莉と出会って、お金では得られない幸せを手に入れたのではないかなと思います。

聖鷹には、今後は異次元なお金の使い方をして咲莉を驚愕させつつ、経済をばんばん回してもらいたいです。（咲莉のために就職先の近くに警備が万全なマンションを一棟建てるとか、通勤しやすいように、あれこれ手を回して地下鉄の新駅をそのマンションの近くに誘致するとか）

今度はエリカと有馬のお話も書けたらいいなと思います。（この二人はエリカ×有馬です）その中で、聖鷹たちの幸せなその後もぜひ出したいです。

イラストを描いて下さったみずかねりょう先生、今回も本当にありがとうございます！　ラフを拝見したところなのですが、表紙も口絵も前作に引き続いてすごく素敵で、二冊並べられる日が今からとても楽しみでわくわくしています。

担当様、毎回ながらたくさんご迷惑をおかけして申し訳ありません……！　的確なアドバイスを下さり、いつも本当に感謝です。

それから、この本の制作と販売に関わって下さったすべての方にお礼を申し上げます。

最後になりましたが、読んでくださった皆様、本当にありがとうございました！

前作が出たあと、お手紙やネット上などでご感想下さった方にも感謝です。反応があることはとてもありがたくて、面白かったと言って下さるご感想を拝見すると、書いてよかったなとしみじみ思います。

今作ももしご感想などありましたら、ぜひ教えてもらえると嬉しいです。

ではでは、また別の本で再会できましたら幸せです。

二〇二四年一月　釘宮つかさ【@kugi_mofu】

プリズム文庫をお買い上げいただきまして
ありがとうございました。
この本を読んでのご意見・ご感想を
お待ちしております!

【ファンレターのあて先】

〒153-0051 東京都目黒区上目黒1-18-6 NMビル
(株)オークラ出版 プリズム文庫編集部
『釘宮つかさ先生』『みずかねりょう先生』係

喫茶探偵 桜小路聖鷹の結婚

2024年02月29日 初版発行

著　者　釘宮つかさ

発行人　長嶋うつぎ
発　行　株式会社オークラ出版
〒153-0051 東京都目黒区上目黒1-18-6 NMビル
営　業　TEL:03-3792-2411 FAX:03-3793-7048
編　集　TEL:03-3793-6756 FAX:03-5722-7626
郵便振替　00170-7-581612(加入者名:オークランド)
印　刷　中央精版印刷株式会社

Printed in JAPAN　ISBN978-4-7755-3030-6